绿光芒书系

轻轻的呼吸

梅子涵 著

天津出版传媒集团

新蕾出版社

图书在版编目(CIP)数据

轻轻的呼吸 / 梅子涵著. -- 天津：新蕾出版社，2021.1

（绿光芒书系）

ISBN 978-7-5307-7049-8

Ⅰ.①轻… Ⅱ.①梅… Ⅲ.①散文集-中国-当代 Ⅳ.①I267

中国版本图书馆 CIP 数据核字(2020)第 084863 号

书　　名	轻轻的呼吸　QINGQING DE HUXI
出版发行	天津出版传媒集团 新蕾出版社

http://www.newbuds.com.cn

地　　址	天津市和平区西康路 35 号(300051)
出 版 人	马玉秀
电　　话	总编办 (022)23332422 发行部 (022)23332679　23332677
传　　真	(022)23332422
经　　销	全国新华书店
印　　刷	北京盛通印刷股份有限公司
开　　本	880mm×1230mm　1/32
字　　数	100 千字
印　　张	6.5
印　　数	1-8 000
版　　次	2021 年 1 月第 1 版　2021 年 1 月第 1 次印刷
定　　价	28.00 元

著作权所有，请勿擅用本书制作各类出版物，违者必究。

如发现印、装质量问题，影响阅读，请与本社发行部联系调换。

地址：天津市和平区西康路 35 号

电话：(022)23332677　邮编：300051

作者的话

谢谢这个春天

我是在一个春天开始发表第一篇文学作品的。1971年3月18日。

那个时间离现在已经很遥远了。

那时的我是一个初中刚毕业的学生。

一个初中刚毕业的学生能够写出怎样的好作品？珍贵的是他有诗意的热情。

我一直以诗意的心情鼓舞自己，才从那个遥远的起点走到现在。

那篇作品的题目叫《征途篇》。

有趣的是，它竟然真的成了我后来长长的写作征途的开始。我没有再离开这长长的路。我不会离开了。

我们都很像德国儿童文学作家米切尔·恩德写的那只犟龟。

犟龟是去参加狮王二十八世的婚礼的，可我们只是为了写作。

那只犟龟在路上爬的时候，荆棘丛里忙忙碌碌的蜘蛛、常春藤上迷迷糊糊的蜗牛、石头上懒洋洋的壁虎，没有不劝说、甚至嘲讽它的，说狮王二十八世住得那么远，婚礼马上就要开始了，你这样爬怎么来得及！

可是犟龟还是爬。

爬呀爬呀，它看见干枯的树上站着很多乌鸦，乌鸦问："你这是去哪儿？"

犟龟说："去参加狮王二十八世的婚礼。"

乌鸦说："你没看见他们都悲伤地佩着黑纱吗？狮王二十八世早就去世了。"

是呀,狮王二十八世早就去世了,犟龟还继续爬干什么呢?

终于爬到了。那儿好热闹哇!原来正在举行狮王二十九世的婚礼。

没赶上狮王二十八世婚礼的犟龟,意外地参加了狮王二十九世的婚礼。

什么是我的"二十九世婚礼"?我们这些当作家的,"二十九世婚礼"又是什么?

今年的春天,上海的天气非常好,没有绵绵细雨。

坐在十六楼高层家中的窗边,满目的灿烂阳光,看得见不远处的那条沪闵公路。几十年前,那个初中毕业生正在沪闵公路那一头的一个农场里当砖瓦工人,回上海休假,看见报纸上登出了自己的第一篇作品,兴奋得没有等到假期结束就返回了农场。

他背着一只黄颜色的包,里面藏着一张登了作品的《解放日报》,那时候这里是一片原野,没有高楼,当然也没有一个叫作梅子涵的作家正坐在十六楼家中窗口的灿烂阳光下,那时的他正在沪闵公路上一辆捷克式的柴油公共汽车上,幼稚却又充满喜悦。

那时的生活是很艰辛的,但是他心里有着诗意。

梅子涵现在又看见了他,那个一头乌黑头发的初中毕业生,那个方方脸的农场工人。

这种感觉是多么奇妙和美好。

在这窗口,我也看得见宝岛台湾。我记得某个夏天,自己在那里度过的每一天都很美好。

我非常喜欢的阿宝老师。他简直有超常的能力,在台东师范(指台东师范学院,现在的台东大学)建设了那么一个有规模的儿童文学研究所。我只要想起就会目瞪口呆。我对很多朋友以及我的研究生们说,你们看见了都会目瞪口呆。

我的那些热情好客的学生们会在上课的时候为我泡好清香的高山茶,上完了课,又帮我把饭买来。

他们尽心尽力、不露痕迹地把一个学生对老师的所有关怀几乎都做了出来,做在每一个温馨的细节上。

那些盛情接待了我的朋友们。

我想到的时候心里就会温暖。

那年夏天早已经过去。

今年这个春天也会过去。

所有的一切都是来了又走。故事、朋友、感情……只有记忆会在。

《轻轻的呼吸》里有我不少的记忆,也有我不少的愿望。

人都是因为今天有了一些愿望,明天的记忆才会美好。

《轻轻的呼吸》也会成为记忆,和我的生命联系在一起。

很多年以后,我们又遇见,在上海或是在台湾,在一个非常优雅的饭店或者咖啡馆。

我们说到这记忆,我们笑起来,我们也哭了。

那时候我老了。

目 录

我小时候	1
我喜欢什么，不喜欢什么	7
小时候的鬼样子	13
永远的细节	22
迎面驶过	30
外婆篇章	33
纪念老丹	39
浪漫简历	44
阴天阳光	52
每一条路上都有风景	60
《荔枝蜜》的故事	67

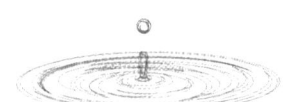

他也会是你	72
大学的故事	81
一个写作的故事	101
关怀生活	110
诗性叙述	114
生活的童话	123
我的书房	129
买个书橱放文学	134
说起女儿,说起未来	139
轻轻的呼吸	146
找到浅水湖	150
谢瑞	157
荡漾的心情	165
我的古典文学同学	176
新年絮语	183

我小时候

我小时候是一个懂事的小孩,听话。

下雨的日子,妈妈没有带伞,奶奶让我去给妈妈送伞,我就步行两站路,来到妈妈上班的工厂门口,等妈妈下班。经常是这样。

我小时候是一个爱清洁的小孩,每天上学,书包里都带一块抹布,先把桌子、椅子擦干净,再坐下来。

我小时候是一个胆小的小孩。

我家住在一幢日式的房子里,一楼有房间,二楼有房间,三楼也有房间。我不敢一个人到三楼去,怕鬼。碰到一定要上三楼的时候,就只好叫妹妹跟我一起上去。上去的时候,让妹妹走在前面,下来的时候,让妹妹走在后面,以便鬼来的时候,妹妹可以挡住。

大院的门口有一个老虎灶(打开水的地方,一分钱可以打一热水瓶的开水),不知道为什么,奶奶有的时候晚上了还偏偏让我去打水。走在黑黑的大院里,我只好唱歌壮胆。鬼一直没有来,我唱歌的声音倒是有点像鬼叫。

我小时候妹妹上幼儿园都是我送,晚上是我接。我挽着她的手,走在人行道上。走哇,走哇,要走三站路。妹妹是一个非常好玩的小姑娘,但是妹妹喜欢跟人吵架。我去接她的时候老师就对我说,你妹妹又跟人家吵架了!

我小时候家里没有人做饭,就我做饭。我把菜洗得干干净净,还会烙饼。我每天晚上都要在小黑板上写下:今晚菜单……

我小时候跟男孩子玩，也跟女孩子玩。跟男孩子打弹子、刮香烟牌子……跟女孩子踢毽子、接麻将牌。不管是玩男孩子的游戏，还是玩女孩子的游戏，我都出类拔萃。

我小时候也游泳、打乒乓球、画画，还拉过手风琴，那是一架小的国光牌手风琴，只有三个贝司。

我小时候每个星期天都到杨浦电影院去看儿童场电影。电影上午八点钟开始，一毛钱一张票，内容基本上都是打仗的故事，从《平原游击队》到《铁道游击队》，紧张、生动，让人不禁也学起英雄来，连动作、语言一起学习，或是干脆说："我是李向阳！"当然有的时候也会说："汤司令到！"汤司令是《战上海》里的汤恩伯。

我小时候喝橘子水时，一个男生跟我抢，结果瓶口把我的半颗牙齿扳掉了，牙根受伤，到了冬天嘴巴就肿起来，痛不说，难看死了。

我小时候很少打架。记忆犹新的是有一次跟一个女生打架。我嘴巴肿起来了，她骂我猪八戒，我就打她。

她不哭,也打我,结果我俩不输不赢。

我小时候跑步很快,比我大的同学也跑不过我,所以考上中学后,我就参加了田径队,区里的中学生运动会,六十米跑我是冠军,于是又去参加市里的中学生运动会。

我小时候没当过大队长,但是当过大队鼓手。开大队会的日子我总是很高兴。我站在台上,"咚咚啪咚啪,咚咚啪咚啪……"队旗就在我们的鼓点中行进。

我小时候最要好的朋友是华祖康。他比我低一个年级,住在我家对门。他也有一个三贝司的手风琴,我们就在一起合奏、二重奏。我们都属于那种有礼貌有规矩的小孩,不打打闹闹,不说脏话,讲过最不好的顺口溜也不过就是:"头颈极细,只想触饥(上海话,吃的意思);眼睛碧绿,只想吃肉;面孔蜡黄,放屁大王;面孔红通通,放屁老祖宗。"讲完我们就哈哈大笑。

祖康后来到美国去了,在旧金山当教授。我到美国去,飞机从旧金山上空飞过,从机窗看出去,大海温柔、绿树成荫、街道整齐，我就想，祖康住在哪一幢房子里呢？那一刻，我的思绪汹涌。

我小时候遇上了经济困难时期，肚子总是吃不饱。中午在食堂吃饭，一个月的饭菜票半个月就吃光了。妈妈问我饭菜票到哪儿去了，我说丢了。妈妈问丢在哪儿了？我说可能是院子里。妈妈说，我们现在去找。哪找得到？妈妈知道我是吃光了，就说，吃光了就吃光了，小孩子不可以扯谎，知道吗？我说知道了。

那时候买糕点要凭票，奶奶给我一张票，让我去买一个饼吃。我站在商店门口吃的时候，有一个小孩飞奔而来，夺过饼又飞奔而去，我看着飞奔而去的他，呆了很久。

我小时候读书成绩当然很好，品学兼优。小学毕业考初中，进了控江中学，那是一所好学校。

…………

小时候已经离我很远，但是小时候一直在我心里，在心里的一个很近的地方站着，一眼就能看见，看到那时的我、那时的故事和游戏,我的心就会怦然而动,兴奋起来。

子涵说:我的这篇文章好似没有什么写作技巧,想到就说,想到什么说什么,说完拉倒。其实,这没有技巧也是技巧,只不过是一种"随随便便"的技巧、"简单朴素"的技巧、像"平常说话"的技巧。只要是写作,那么就一定会运用技巧的。所谓技巧,就是怎么开头,怎么叙述,整个文章构建成什么样子,最后又怎样结束,诸如此类。我现在就是这样开头,这样叙述,构建成这个样子,最后又这样结束的。运用技巧不等于要"煞有介事""大打出手""虎视眈眈",一定要让读你文章的人从第一个字就看出你在运用技巧,并且大呼一声:"啊,这小子在运用技巧!"不一定是这样,也没有必要非这样。

我喜欢什么,不喜欢什么

我喜欢认真,不喜欢不认真。

对认真学习、认真做事的人我钦佩,对不认真学习、不认真做事的人我讨厌。我如果当总经理,不认真做事的人我会统统开除,一个不剩。我看见认真做事的人、认真做事的方式,便觉得有审美的快感。

我喜欢诚实,不喜欢不诚实。

我从小到大都在努力当一个诚实的人,所以对不诚实疾恶如仇。小偷是一种不诚实的人,我痛恨小偷;

骗子也是一种不诚实的人，我痛恨骗子。骗子有到你家来骗钱的那种骗子，骗子还有以不诚实处事，谎报业绩、成果等行为来得到荣誉、地位、利益的另一种骗子，这两种我都痛恨。后面那种人，不管他后来有怎样的荣誉、地位和权力，我都不想理睬。

我喜欢讲信用，不喜欢失信。

借钱要还，借书要还，借东西要还，答应的事情要办，答应的条件要实现，合同要履行。

我喜欢不势利，讨厌势利。

不要在比你高的人面前低下头，也不要在比你矮的人面前昂起头装腔作势，更不要跟在对你有用的人后面，而无视对你没用的人。

我喜欢凡事能够想到别人的人，不喜欢凡事总是只想到自己的人。

只想别人为你做事，你不想为别人做事，如果这样，到头来肯定没有人再为你做事，因为不符合常理，也不符合人际交往的规律。

我喜欢有激情的人，不喜欢拖拖拉拉、暮气沉沉的人。有激情的人可能不聪明，但会有灵感，可能他的年纪已经不小，但是生命却年轻。

我喜欢不是干任何一件事都有明确"目的"的人，而讨厌事事都有用意，"目的性"总是很明显的人。这"目的"看似精明，其实是雕虫小技，总难成气候，最多当当小财东而已。小财东属于常常拨弄算盘，说"哎呀，又亏了"的那种人。

我喜欢淡泊的人，不喜欢穷凶极恶、急功近利、野心勃勃的人。

淡泊的人不是不努力的人，穷凶极恶的人总会把努力搞得走样。尽管后面一种人也许会过得不错，但是他那做人的"过程"其实很糟。淡泊的人同样能够过得很好，而过得很好的意思，主要在于他做人的"过程"有真正生活的感觉。

我喜欢家常的、生活化的人，不喜欢貌似不食人间烟火的人。

为什么要不食人间烟火呢？还是要经常回家看看父母，经常和朋友们聊聊天，做大的事情，也关心、聆听小的事情。

我喜欢平易的人，不喜欢不平易的人。不管你有没有个性，平易总是要有；不管你有没有地位，平易总是要有；不管你有没有金钱，平易总是要有。那种不平易，或者本来倒也平易过，可后来变成了"假名人""假贵族"就开始不平易的人，你仔细看看，是一身蠢样！

我喜欢知恩图报的人，不喜欢过河拆桥的人。

知恩图报不等于送东西，而在于的确是心存感激，并且也能流露出来，"不等于送东西"不等于就一点不送东西。你连送两斤橘子、三斤苹果也不愿意，那么你还会知恩图报吗？小气鬼报恩难。

我喜欢讲文明、讲卫生的人，不喜欢不讲文明、不讲卫生的人。

我看见乱丢纸屑的人，常常就想朝他大吼一声：你给我捡起来！当然我不能常常喊，因为那样会常常吵架、常常打架。常常吵架、常常打架,会使不文明更加不文明。我就只好忍气吞声,从自己做起,把一张没用的纸屑捏在手上,如果没看见垃圾箱,那么无论走多远的路,经过"千山万水",最后我还是会捏着它回家。这样做对我没有一点损害,我会感到自己很像一个真正的人,不由得觉得自己崇高起来。

每一个人都把一张要丢弃的纸留在手上,放眼望去,一条路就整洁无比了。让我们都爱一爱我们的祖国,讲一讲文明吧!

我喜欢的事情会无意识地去做,我不喜欢的肯定不会有意识地去学。

我以这些喜欢和不喜欢来处世、交友,我就成了现在的我,虽然不一定是生活得很好的我,可是我还是愿意坚持这样的我!谁让我是我呢?

子涵说：这篇文章很像是自我吹捧，其实不过是自我刻画。如果一定要说这难道不是自我吹捧吗？那我也没有办法。其实我这人毛病特多，只不过我现在是在说我喜欢什么、不喜欢什么，而不是在说我有什么优点、有什么缺点。我以后应该写一篇"我有什么优点、有什么缺点"，那样就能完整地告诉你我是怎样的一个人了。不过总而言之，我是一个不坏的人。我还要争取成为一个更加好的人。好好争取吧。

小时候的鬼样子

只有游戏

我小时候没有理想只有游戏。

我做过的一个游戏是当医生。

我给楼里的所有人看过病,假装搽红药水,假装打针,假装用听诊器听诊,假装配药,但是让人家张开嘴巴"啊啊"是真的。

我把假的红药水、假的针、假的听诊器、假的药,全部装在一只真的小皮箱里,真的小皮箱是爸爸真的送

给我当假医生的。后来我不当医生了,而是致力于打弹子、用弹弓打麻雀、抓了一只小猫回来喂它吃鱼……

小时候我没有理想,只有一个接一个的游戏。

我想起来,当年我假装当医生的时候,忘记了应该假装挂号、假装让人家付钱、假装在"病历本"上写他们生了什么病……

小时候喜欢女孩子

我小时候喜欢女孩子,会不好意思跟人家说话;我小时候喜欢女孩子,会看见人家便想绕道溜掉。

我小时候喜欢女孩子不会一直想到她,玩的时候就忘记了。

我小时候喜欢女孩子,没有想到手拉手在路上走的事,也没有想到让她当老婆的事。

我小时候喜欢女孩子,走过她家门口时,的确会抬头看一看她家的窗子。

我小时候喜欢女孩子,要搬家了,没想到要去跟她说"再见了";我小时候喜欢女孩子,和她分别了再见到,竟然连"你好"也不说,一句话都不说,像不认识一样,因为她也没说。

我小时候喜欢女孩子不敢去偷偷塞纸条,我小时候喜欢女孩子只有我自己知道,这是秘密。

冰棒故事

我们小时候只在夏天才吃冰棒——冰棒就是冰棍——不到夏天的时候是不吃的。不像现在的小孩,有的人几乎一年吃到头。

当然他们不只吃普通的冰棒,他们还吃冷狗、曼丽克、绿宝石、乔伊娜……我叫不出了,名目太繁多,年年新花样。

我们那时只有

冰棒和雪糕。冰棒四分钱一根,雪糕八分钱一根。我们一般只吃冰棒,因为冰棒四分钱一根。

那是每天下午的事。每天下午外婆会从口袋里掏出四分钱,我奔到院子的大门口去买冰棒。

那真是一个有点隆重的时刻。

卖冰棒的人在喊:光明牌冰棒,光明牌老牌冰棒,光明牌冰棒,光明牌赤豆冰棒……

他们一边喊,一边用一块木头敲木箱子。

他们的喊声和敲击声堪称夏天马路上的第二大声音了。第一大声音是知了叫。

"买冰棒!"我有点激动地说。

我喜欢吃赤豆冰棒,第二天才买绿豆冰棒,没有赤豆的和绿豆的才买橘子的。

我把钱放到卖冰棒的人手里时,总是说,赤豆多放点哟!

吃冰棒是不咬的,而是慢慢嘬。咬是大人的吃法,一根冰棒几口就咬光了。

我们"小人儿"是竖着嘬,横着嘬,一直嘬到棒头上只剩下很小一块了才咬掉,最后还要把棒头嘬一嘬。

真正吃冰棒的快乐只有小孩享受得到。

我喜欢乘开得慢的火车

小时候乘火车我希望火车开得很慢。火车开得很慢老是停,这使得我待在火车上的时间就长了。

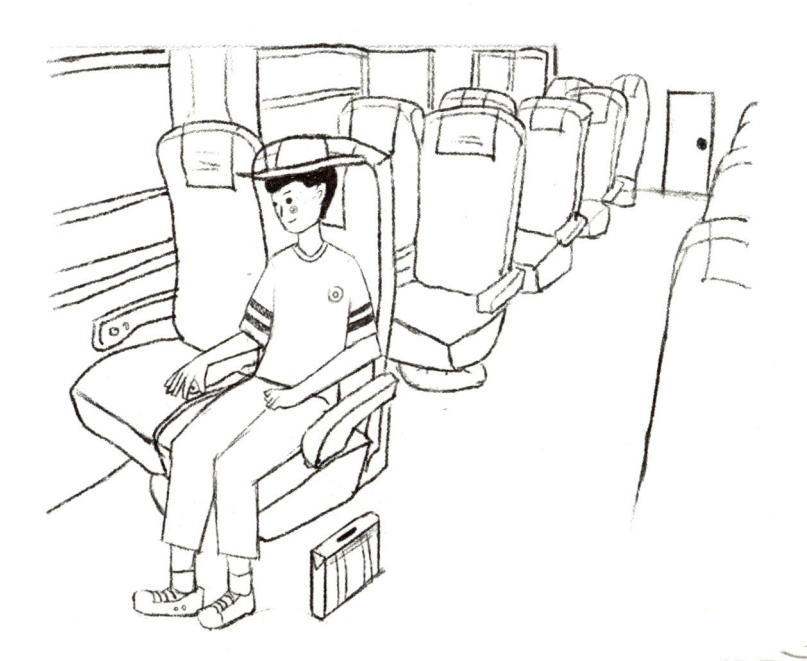

17

我喜欢待在火车上的时间长一点。待在火车上的时间长,那么乘火车的感觉就长了。

我喜欢乘火车的感觉长,所以就喜欢待在火车上的时间长,所以就希望火车开得很慢了。

我这样说话是不是显得挺啰唆的?但我的意思你一定明白,弄不好你也是这样的。

我喜欢看到列车员拎壶来泡茶。

我喜欢看到卖东西的小车从车厢那头推过来。

我喜欢看到火车停下来时月台上有东西可买。

火车上的茶杯

小时候,火车上每个人都有一杯茶。那是列车员端着送到你的桌上的。

那是透明的茶杯,透明的茶杯上有透明的盖子。那是一杯绿色的茶。

车厢里没有拥挤不堪,恰到好处,井井有条。火车在开着。

火车上的一杯有透明盖子的茶杯里的茶,是我对童年火车的诗意的记忆。

那真是一种安详的旅行的记忆,诗意的旅途。

小时候我总是跟着我外婆乘火车的。

我的外婆已经去世了。

我讲这一切的时候,仿佛又在那时的火车里了。

我在外婆身边。

我靠着外婆。

小时候在马路上

小时候在马路上走,我不喜欢走,喜欢跑。

小时候在马路上走,大人看上去都好高,我是个小矮子。

小时候在马路上走,我看见一个可以藏起来的拐角,就躲在那里,突然跳出来对走过来的同学说:"不许动!"

小时候在马路上走,我老要蹲在马路边的小摊前苦苦地望,可是没有钱买玻璃弹子和香烟牌子。我不止一次在马路上捡到钱,但是没有买玻璃弹子和香烟牌子,而是交给十字路口的警察叔叔了。

小时候在马路上走,春天时,我折断过嫩绿的柳条;夏天,我跳起来,拍下正飞的蜻蜓,还想捉一只在叫的知了,但是,树太高;秋天,不懂落寞,我踩着树叶,声音是脆的,踩了一片,又踩一片;冬天,啊哈,汽车不能开了,地上有好厚的雪,我们打雪仗,雪团打在一个老爷爷的白胡子上。

鸽子和鸟

小时候的事也有许多根本就记不住,譬如,我就忘了自己曾经什么也不懂。

对门的长脚鹭鸶爷爷对我说:"你们家搬来的时候,你还说鸽子是鸟鸟,不是鸽子。有一次,天上飞过几只鸽子,你对它们招招手说,来,鸟鸟,可是它们飞走了。你哭起来,我要鸟鸟嘛!我说,不要哭,以后爷爷送一只鸽子给你。你说,我不要鸽子,要鸟鸟!我说,刚才飞的就是鸽子,鸽子也是鸟鸟,麻雀、燕子都是鸟鸟。你不哭了,说,爷爷给我一只鸽子,我要鸽子。"

子涵说:散文不一定要写得长长的,像这样短短的也挺好。只要有些意思,有些味道。可以写长的事情就写长,可以写短的记忆就写短。一块大的布头,就做一件漂亮的衣裳,一块碎的边角料,就做一样小的装饰,各有各的用场。我想起来,一些年前,我登在报纸上的处女作就是两篇很短的散文。那时候我在上海临近杭州湾的一个农场当烧瓦的工人,是那两篇很短、很幼稚的散文使我走进文学里的。那位帮助我发表的编辑叫王捷,我永远感谢他。"感恩的心,感谢有你。"

永远的细节

九岁那年,我父亲突然成了"右派",他想不通,就弄伤了自己,被救护车拉走,事情更被弄得家喻户晓,451弄里没有人不知道了。

451弄是一个大院子,一幢幢的日式建筑。严老师住在我家对面的一幢,小学校也是在大院里。救护车是必然要从严老师家门前开过的,那时候,严老师一定听说了,救护车里救的,是她的学生梅子涵的爸爸。

我当然还是要去上学,像以前一样做个好学生,上课认真，遵守纪律，热爱劳动……走过一天一天的日子。就在那一年，我们入队了。严老师宣布：中队学习委员——梅子涵。

我当时只是激动，戴上两条杠的红标志，感觉像走进了阳光和春风里，其实没有仔细想过，没有想过严老师在确定名单时会想些什么，有没有犹豫过是否让一个家喻户晓的"右派"儿子当中队委员……

我没有想，因为那时我只是一个小孩。可是现在我会想。

我会想：当时严老师如果因为我的父亲当了"右派"，就没让我这个一贯的好学生当中队学习委员……那么我会怎样？我的感觉会怎样？它对我的未来会有怎样的影响？

我非常奇怪，一直到我小学毕业，一直到我家后来搬离451弄，严老师从来都没有在我面前提起过我爸爸的事，更没有提到过"右派"这两个字，一次也没有过。可是我的有些同学提到过，有些邻居提到过。

这是为什么?

我小时候是一个胆小的孩子,不大说话,默默地努力,向往的都放在心里。看见别的小孩优秀,就会有羡慕的眼光和心理。

学校有一个合唱团,每个星期都要在音乐教室里练唱,指导老师是漂亮的梳着两根很长的辫子的张老师。我们班级有好几个同学是合唱团的成员,我不知道他们是怎么参加的,我也不知道如果我想参加,那么应该怎样。我不懂打听,我不知道如果你要知道一些事情,那么你是需要去问的,我是一个非常老实的孩子(直到如今,还是非常老实)。

每个星期,在练唱的日子,我看见同学们拿着乐谱

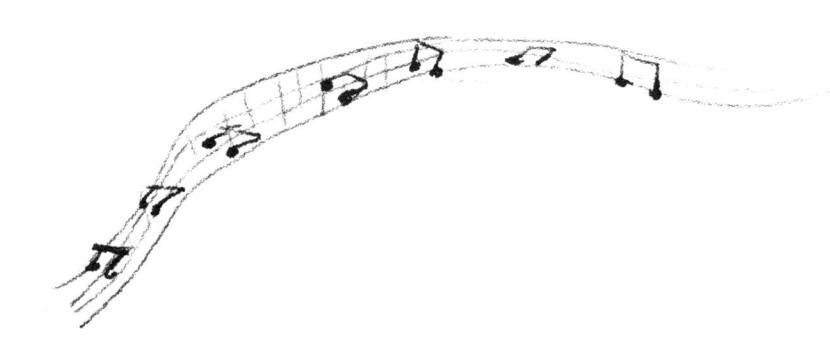

夹精神抖擞地走进音乐教室，听见整齐动听的歌声从音乐教室里传出来，我就微微地兴奋、微微地惆怅、微微地向往。

有一天，我看见练唱的同学走出音乐教室，张老师也走出来，我竟然无比勇敢地走上前去，说，张老师，我也想参加合唱团可以吗？张老师反身走回音乐教室，打

开琴盖,指定了一首我们学过的歌让我唱,我就天真烂漫地放声唱起来,越唱越高,无可收拾,最后一句"杀鸡"了。

这是一次并不合格的考试,可是张老师笑笑说,你下个星期来参加活动吧。

我至今仍旧记得"下个星期"和"下个星期"之后的日子里,我走进音乐教室放声歌唱时,我的声音加入了同学们的声音里,我的那份振作的、饱满的、兴奋的、自豪的、无比珍惜的心情和感觉。那种感觉讲不清楚,但是记忆犹新,如在眼前。

这是我的第一次毛遂自荐,实现向往。

这是一个那么漂亮的女老师给予一个天真的小男孩的精神上的理解和满足。

这是我至今,也可能是一辈子唯一的一次参加合唱团的歌唱训练。

我现在会想,我的考试并不合格呀,我的那不可救药的"杀鸡声",不是连自己都很难为情吗?可是张老师为什么二话没说就接受了我呢？如果当时张老师没有接受我，而是说"你再好好努力吧"之类的话，那么给予我的又会是什么呢？

初三下学期，六月份了，"文化大革命"的气息在中学里已经闻得见，对学生也是越来越讲"家庭出身"了，"出身好"的感觉越来越好，"出身不好"的阴影带来的沉重感日益增加。

一定是学校的安排吧，班主任唐老师在下午放学以后把工人子弟留下来开会。

那时候我正坐在自己的位子上做作业，工人子弟集中在前面几排听唐老师讲话。我浑身都不自在，有些难为情，有些自卑……

可是我这时听见唐老师说："……工人家庭往往书很少，知识分子家庭书都比较多，比如梅子涵的家庭，所以班级里成立图书角，他拿了那么多书来……"

我忘记了唐老师是在什么话题里讲起这段的，我只记得她当时讲这段话时，表达了一种肯定和赞赏的意思,从而使我的不自在和自卑感瞬间就减弱了,心里明亮了许多,甚至有了些少年的自豪。

我不知道唐老师当时讲这番话,是不是因为看见我低着头坐在那儿做功课,我在后来的日子里,也从来没有对唐老师提起过这件事。

但是我现在想,不但是当时那一刻给我的内心感觉,就是后来我所走的人生道路,我成了一个与书本打交道的教授,成了一个写书的作家,难道和唐老师有意或者无意地讲了这番话没有关系吗?

一个人的成长故事可以写成书,里面有繁多的角色和章节,有的时候我们都会忘记了其中谁是很重要的。

老师是很重要的。

所以我总不会忘记老师。我不仅常常记起那些平常的课堂故事和师生之情,还有别的许多很小的细节,它们就那样无声地影响了我,甚至决定了我的前途和命运,其意义比授予我知识更重要,它们赋予了我生命的热情、勇气、信心、希望,赋予了我的童年尽可能多的诗意。

谢谢您,老师!

子涵说:一个人的一生,该谢的人真是很多。只是我们意识到了没有?体会到别人对你的帮助了吗?没有他们,我们会过得费力很多,艰辛很多,正是有了他们,我们的后来才会顺利一些,轻松一些,才会有后来健全的人格、善良的心地。他们给你的往往不是伟大的赋予,甚至可能是看不见的、微乎其微的,可是只要你懂得珍惜地留在心里,以温馨的记忆去感恩地抚摸,那么就能够读出最伟大的意义。该珍惜的东西是不分大小的。

迎面驶过

十三岁那年,我独自去安徽老家过年。那时爸爸正被"发配"到安徽江北的一个农场里"劳动改造"。我住在大姑妈家。我有三个姑妈,她们都是爸爸的妹妹。

我到的第一天,大姑妈就对我说,你给你爸爸写一封信,告诉他你到乡下来过年了,你爸爸会高兴的!

我听了大姑妈的话,就给爸爸写信。我在信上说,爸爸,我到乡下来过年了,住在大姑妈家,你身体好吗?我很想念你。

我在乡下过年,住到正月初六。初七,大姑父送我回上海。他把我送到县城,买好汽车票,我会独自到芜湖,再由芜湖乘船到上海。

从县城到芜湖是一路的群山,上上下下,蜿蜒曲折。我想着在乡下的这些日子,想着姑妈姑父,也想着爸爸。

窗外是大雪铺满的山路,姑妈说,下雪,你等天好了再走不好吗?我说,学校要开学了,不可以迟到的。

回到上海,我收到姑妈的信:你走的那天,你爸爸做了一身新衣服,请了假从农场来看你,他没有看见你,大哭了一场。

我看着信,说不出话来,心里想:就在我乘车去芜湖的路上,爸爸

乘的车正从对面开来,我不知道迎面开来的车里有我的爸爸,爸爸也不知道我正坐在对面的车里离去。

很久不见的父子就这样错过了。

十三岁的时候我没有哭,长大以后再想起,倒是流过眼泪。

子涵说:我只写了我的这一头,而没有写父亲那一头,父亲那时的心情是怎样的?他在那一路的行程中是如何盼望和兴奋?可是等他匆匆跨进妹妹的家门,儿子已经走了。那是一个多雪、寒冷的冬天。在那个冬天,在那个冬天的漫漫雪野和群山中,像这样的一件小事算什么?可是对我来说,会牢牢地记一辈子的。我还要告诉你,我的三个姑妈都叫蓁蓁,我的爷爷和奶奶叫她们大蓁、二蓁、三蓁。

外婆篇章

外婆,你好吗

外婆去世以后,每年春天,我都乘火车或者轮船去看她。

去看的是一个墓。

外婆的墓在她家乡。

她在我出生的时候,从家乡来到我的身边,四十多年一瞬间过去了。

那时候我睡在摇篮里,是个伸手伸脚的婴儿。外婆放下包袱就说:"我的毛毛怎么这么好玩哪!"

她把我养大,还把我的女儿养大。

然后是我送她回家。

人生就是这样,总要分别,在一起的时候,有没有好好珍惜呀?!

我送她是乘船的。小时候,外婆带我去乡下,也常常乘船,外婆叫它大轮。我们在十六铺码头上船,经过南通、镇江、南京、马鞍山,到芜湖下。

外婆领我乘四等舱,也乘过三等舱。

外婆坐在船舱里,我满船地走着玩,从上走到下,从头走到尾,看江里的流水,看岸上的景色。无穷无尽的旅途都因为有外婆带着而无忧无虑,尤其在今天想起来,那是最温馨的童年记忆了,满载诗意,恍惚伤感。可现在外婆不在了。我送的是一个很小的盒子,用红的布包着的。

我捧着盒子走上大轮。

小的时候,外婆抱着我上船,背着我上船,搀着我上船。

这是多么不同的两种情景,当中隔着的是时间。

我把它放在船头。坐船的感觉依旧,江水的声音依旧,岸上的景色依旧,但是我的外婆不在了。

我没有任何的心情,只是坐在外婆的盒子旁边,想陪陪她,自从长大以后,奔进了外面的世界,坐在外婆身边的时间就少了,但是现在来不及了。下了船以后,外婆的盒子将被埋进地下,那更是真正永远地分开了……

外婆的墓在长江边上。

我离开她是夕阳西下的时候。

夕阳照在墓群,照在她的墓上。

我说外婆我走了,我泪水涟涟,趴在她的碑下。

离开的时候是那么难哪,我把外婆留在这里,我却要走了。

我说外婆我走了呀,我走了呀……

我走几步,就回一下头,每年都这样。

外婆叫我毛毛

外婆一直叫我毛毛。

外婆说:"毛哇……"

我说:"我这么大了,您还叫我毛毛。"

外婆笑起来。

外婆说:"毛哇……"

长大以后,我有了自己的家,就不再和母亲住在一起,不再和外婆住在一起。

每个星期回家,外婆早趴在窗口看我,我远远地就看见她在窗口。

她一定在说:"毛怎么还没来……"

这一天外婆总是欢天喜地的,跟在我后面说毛哇毛哇……跟我说了不少的话。

可是晚上总要到来,我要走了。

外婆送到楼梯口:"毛哇,下个礼拜还来吗?"

我走出大门,走到路上,回头看看,外婆趴在窗口,外婆一定在说:"我的毛走了……"

我朝外婆挥挥手,天已经黑了,但是外婆看得见,我看见外婆看见了。

走出去已经很远,我回过头,外婆仍趴在那里。

在送别外婆的时候,我念着悼词,我说,从此以后,窗口空了……

子涵说：外婆会是我永远的话题。她于1995年正月初六19点30分去世。她去世的时候，我不在身边。接到妈妈的电话，我浑身颤栗地奔到医院，扑在她身上哭！那一天我哭了整夜，后来生病了。我外婆的名字叫天景，我外公的名字叫观月，外公在观月的时候看见了天景。在外公离开四十年后，外婆到他那儿去了。我祈祷她在另一个世界生活得好。她知不知道我在这个世界天天想她呢？

纪念老丹

我的同学老丹死了。

老丹死的消息是豪春告诉我的。豪春在电话里说:"老丹死了。"

我愣了一下,就流下了眼泪。

老丹是我的中学同学。我们读书的时候只是在一起打打篮球,别的不大接触。他篮球打得不好,但是人高,所以比赛时就让他打后卫。他动作难看,但是能抢到球,所以蛮神气的,常常骂别人。

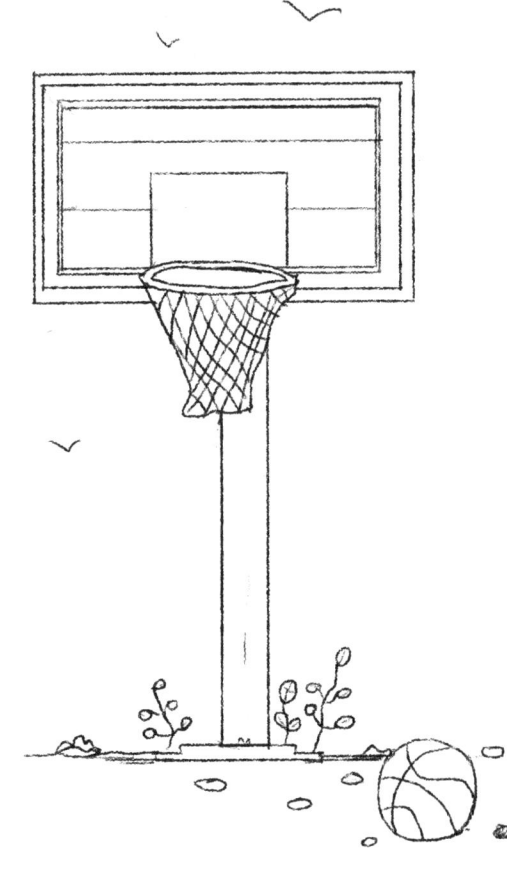

老丹脾气不好。

我对他永远的感激是在"文化大革命"时期。

"文化大革命"一开始,学生就以"出身好"和"出身不好"而分成了两类,一个在天上,一个到地下。

老丹出身"红五类",就当然地成为红卫兵,我不是"红五类",甚至被认为是"黑七类",不可以参加红卫兵。

那些昔日的我们的同学成了红卫兵,他们可以任意地以恶狠狠的口气和语言训斥"黑七类",让你害怕和自卑。我们这些同病相怜的同学简直不知道怎么好了,茫然失措,无可奈何,那真是十分苦恼的每一天哪。

老丹就在这时候来找我们。老丹说他要自己组织一个红卫兵组织,让我们一起参加进去。我们还将信将疑,但是已经梦想成真,老丹把红卫兵袖章发给了我们。

我真是多少有点难为情呢,心里还怕那些"红五类"是不是会不承认我们,但是看见长得高大、天不怕地不怕的老丹站在旁边……我们就没有了顾虑,戴上袖章"招摇过市"了,从而抬起了头,不再灰暗和落魄,不再丧失信心没有希望,后来的日子也就晴朗了许多。

我一直都记得老丹给我的这一个机会和转折。

正是因为老丹的魄力和给我的转折,使我较早地摆脱了精神上的压抑,而走到"阳光"之下,否则很可能我后来的心理、性格都会很成问题,人生道路的面貌也可能是另一番了。

老丹是一个感性和重感情的人,脾气虽然不好,但是够朋友,所以他会"网罗"我们,所以后来我们在他的红卫兵组织里,就从来不斗老师,没有贴过一张老师的大字报。我们跟着他的确没有干出什么"业绩",但那不是无所作为,而是被直觉和良心阻止了。

毕业分配,老丹当了工人,一直干着最重的体力劳动,直到最后生病住进医院。

同学中后来有出息的不少,但是唯有没什么出息的老丹,我总是以真正尊重又喜爱的心情对待,因为这里面有少年的经历和永远的感激。

人长大了,相聚的机会变得好少。人过了青年到了中年,就可能有人离你而去,结果是老丹最先离我们而去了。

豪春在电话里告诉我这件事后,他听见了我的哭声,就顿了一顿,我们又讲了些老丹以前的事情,就把电话挂了,然后我独自沉默了很久。

子涵说：我哪里想到过会写"纪念老丹"？就是说，在明明应该生活得很好的时候，一个还很年轻的人怎么就去世了？同样，老丹难道会知道，在这样一个晴朗的日子里，在一个大学的高层公寓的书房里，他的同学正以很伤感的心情想念起他，写下他的若干个故事？人与人是否亲密，真是不在于交往过多么长的时间，即使萍水相逢，美好的事也是会让你想念他一辈子的。老丹叫潘月丹，他的父亲是理发店的师傅。

浪漫简历

十几岁的时候我中学毕业。那是在"文化大革命"时期里,所以不可以升学,有的人当工人,有的人当农民。

我是可以去当工人的,当工人也是许多人的向往,但是我决定去当农民。我想,广阔的田野才有诗意,而车间是何等狭小和局促。我决定到农场去。

走的时候是上午。妈妈和外婆沉浸在依依不舍和难过中。但是我没有什么难过和不舍,我以为未来一定是浪漫和充满诗意的,我让陆子和老丹他们把我的行李先拿到楼下,我叫妈妈和外婆不要送我了,然后就独自一人下楼。

穿过马路,我回头看见了妈妈和外婆站在窗口,就朝她们挥挥手,我看见隔壁周琪家的鸽子放出来了,我扭过头就走了。

我们是乘汽车到农场去的。车上并没有热烈的气氛,全是初离开父母的"孩子们",也都"同是天涯沦落人"。

可我却是急切地看着窗外,我听学校的老师说,在我们去的路上,要经过一条军事公路,我心怀新奇和诗意:军事公路到了吗?军事公路是怎样的呢?……

汽车把我和我的同学们送到农场的场部,然后让我们步行到砖瓦厂,那是一段半小时的路程。我不想去工厂,来到农场,可是却又被分配到砖瓦厂。

那是1968年9月17日的下午,芦苇夹道,我们背着包在秋天的太阳下走,听到芦苇丛里"扑棱扑棱"的声音响起,原来是野鸭、野鸡被我们的声音惊动,往蓝

天飞去!

我看见了芦苇丛中的蛋,不知道是野鸡蛋还是野鸭蛋,激动得大喊大叫:"蛋!蛋!"

我没有去捡那些蛋,也没有去想以后的日子会是怎样,只觉得乡下多好,农场多好,我要在这儿生活了!

我和我的几个同学被分在一个寝室里。第一天晚上,睡在帐子里,窗外秋虫吟唱,我讲惊险故事给大家听,他们本来都是有些离家的思念和伤感的,但这些惊险故事让他们高兴起来,在海滨夜晚的秋虫吟唱里,我们睡着了。

我在砖瓦厂每个月的工资是十八元钱,发十元钱饭菜票,还有八元钱……我订了好几份报纸。

我带了两只箱子。大的箱子里放满了书,小的箱子放衣服。

我读大箱子里的书——有马克思的书、列宁的书、毛主席的书、黑格尔的书、普列汉诺夫的书、郭沫若的书、范文澜的书……还有柯切托夫的书。

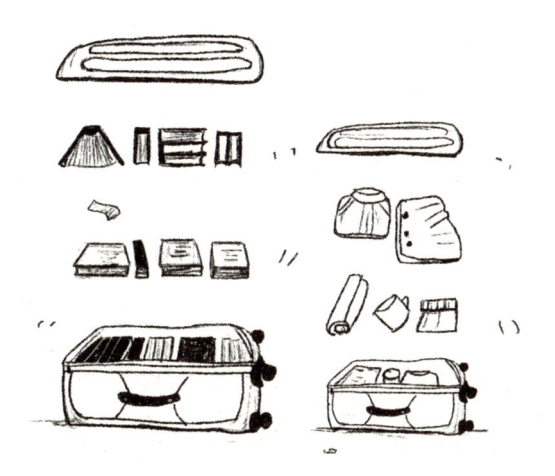

我和我的同学们,同学校的同学们、不是同学校的同学们,常常聚在一起交流思想,研讨很抽象的哲学问题、经济学问题,研讨很现实、很具体的农场问题、砖瓦厂问题,常到深夜,然后激情高涨地离去……我是那当中的核心。

新建的砖瓦厂芦苇丛生,我们挖来泥土,制成砖坯,把它们烧成红色。别的连队开来拖拉机和船把它们运走,盖起红砖瓦房,绿树掩映……

我在诗里写道:啊,我们不也正是一块红砖一片红瓦,被砌入祖国这座大厦……

我的同学们有的开始消沉,有的开始"实际"……

可我仍旧处在如初的激情和诗意里。激情高涨的讨论已经没有了,我便埋首在孤独的阅读、写作和想象里。

我在回家休假的日子里,请隔壁的建平爸爸做了一个可以折叠的小桌子,带回农场,晚上的时候就坐在床上,伏在小桌上面看书、写作,走进很满足的感觉里。我至今想起那些在昏暗灯光之下的夜晚,心情仍激动不已,怀念不已……建平爸爸已经去世了,但我分外地想念他,想念那张杉木做成的没有油漆的小桌子。

和我的在别处上山下乡的同学们通信是我那时生活的一项重要内容。

那是一次一次贴上八分邮票的寄出和等待,那是一封一封青春的热情和叙述。但是那时我们通常都不叙述苦恼和生活细节,而是大处着眼、格调昂扬,豪言壮语随处可见。

那是一个讲述思想的时代,不是一个讲述故事的时代,我们在寄出信的时候也等待信。我们写信都称:"×××战友"。

我开始写诗、散文、小说。我没有急着去投稿,而是抄了贴在砖瓦厂的橱窗里,还抄在黑板上。我假装无意地从旁边经过,看有没有人在读我的作品。

这就是我的乐趣和最初的向往,可是后来我却因此成了作家。

在这些最初的创作里,我没能写出一个可以供今天重新阅读的故事,但是那些创作、写作的故事本身,今天重读,却是意味隽永,依然让我心潮澎湃。

那时我写的稿子是由两个女生帮忙抄的,一个叫周甫华,一个叫虞燕和,她们的字清秀、端正。我写好了一篇稿子就找到她们说,周甫华、虞燕和,帮我抄一抄……她们没有一次拒绝过,总是抄得认认真真、一丝不苟。

我现在想,她们一定是属于那种爱好文学的女生,在那个寂寞、单调的年代和生活里,读着一个认识的男生学着写的文学作品,亲手把它们抄了贴出来,心里也会有一些真实的愉快和满足……

我觉得对不起她们的是,后来我真的成了一个作家,却不知道她们身在何方,没有联系,因而没有送给她们我写的作品和出版的书,没能写上"周甯华指正""虞燕和存念",其实她们是最有资格的。

砖瓦厂里有个广播室,我是台长、记者、编辑、播音员。每天清晨,在《东方红》的乐曲声中,我用充满激情的声音对着话筒,也是对着大地,对着与我一样年轻的生命说:"星火农场砖瓦厂广播室,今天第一次播音,现在开始!"

四面八方的高音喇叭:星火农场砖瓦厂广播室……广播室……今天第一次播音,现在开始……现在开始……

星火农场砖瓦厂广播室的一大特色,是我常常播送我自己写的诗歌、散文、小说。

我还用唱片配乐,就变成了配乐诗、配乐散文、配乐小说。

那时没有录音机,是真正的直播。

我一只手控制话筒音量,一只手控制唱片音量,音乐便在我的朗读里"化入化出",交相辉映。

我在那里这样生活了十年,直到1978年考取大学才离开。

子涵说:一个很长的过程,我只用这一点文字就写完了,所以叫作"简历"。其实在那个过程里是有很多苦恼的——很艰苦的劳作,很乏味的饭菜,很单调的夜晚,很渺茫的明天和未来。但是我的心里总是很明亮,满是诗意。我真的永远都是一个浪漫主义者,而不会自惭形秽、唉声叹气、得过且过。太阳是需要自己为自己在心里升起的,如果我们真的就像诗里所说,是一艘小船,那么当我们注定要朝着海上驶去,难道能有哪个人为你扯起一张帆吗?写什么,不写什么,都在你的心中。

阴天阳光

在农场当知青的时候,我回上海休假,常常到我同学安宜的家里去。安宜的家在南京东路584弄,是我们一群要好的同学聚会的地方。

聚会的时候,我们所谈的是政治形势、各自在乡下和工厂的事情、应有尽有的小道消息,还有苏联小说《叶尔绍夫兄弟》《州委书记》《你到底要什么》《落角》……

这是一个在三层的阁楼,外间住着安宜和她的姐姐，里间住着安宜的两个妹妹亚宜和小宜。在我们海阔天空聚会的时候，姐姐和妹妹是从不进来的，安宜则是笑嘻嘻地为大家倒着开水，很少说话。

安宜的奶奶总是在楼下的厨房，我们上楼的时候，永远都能看见她，我们跟着安宜的称呼，叫她阿娘，她永远笑着，轻声地告诉我们："安宜在楼上。"那是好听的宁波话，从阿娘的嘴里说出，使我们亲切地觉得，自己也是她的孙辈。

能看见安宜的爸爸妈妈是在星期天，她的爸爸是高级工程师，妈妈是中学数学老师。他们住在二楼的厢房里，从阁楼的小窗可以看见里面的摆设，有一架钢琴和一套有钱人家用的那种红木家具。

安宜父母的上一代好像是资产阶级，但是当时我们都不说这些，那是些避讳的词语，而我们曾经都是革命的红卫兵，所以也就从来没有问过。安宜的家有没有被抄过，我们只是看在眼里，暗自体会，小心回避。

这是一个少有的修养良好的家庭，没有人高声说话,争吵的事情可能一辈子都没有发生过,吃饭的餐具和程式是那样的精致,但是一家人良好的修养和待人的笑容,又使你能够不那么拘谨地坐下吃饭,在有说有笑之中吃饱肚子。

安宜的妈妈是最让人喜欢和尊敬的。一群男孩子,经常到一个女孩子家里去,如果在别人的家里那可能吗?做妈妈的会是怎样的担心和干涉?恐怕要给自己的女儿脸色看,甚至是呵斥、怒骂。

安宜的妈妈永远一脸的笑容,没有一点点虚构起来的表情。有的时候,聚会时间长了,到了吃饭的时候,她会邀请我们下楼吃饭,用那精致的餐具,享受到那精致的程式。她那一脸的笑容使我们不会尴尬,如果尴尬,反而显出了自己的做作和小家子气。

有一年过年,同学们又相约去了阁楼,那一天我没吃午饭,到的时候已经是下午了。我忘记了怎么会让安宜的妈妈知道了我没有吃午饭,她就下楼给我下了一碗面,用的是鸡汤,面是上海南货店卖的那种做得很讲

究的寿面,又端上阁楼,放在我面前。

农场的劳动和营养不良使我的身体几近垮掉。那时,已经开始有知青被抽调回上海,或是上大学,或是进工厂。

我是一个浪漫主义者,并不羡慕这些。可是和自己一起去的同学纷纷离开,农场最初单纯、美好的学生气氛日渐稀薄,甚至有一天可能会荡然无存,浪漫主义者的心里也就可能会阴云密布。

其实浪漫主义者是很容易比现实主义者脆弱的,别人痛苦的时候,他因为想象和虚构而诗意盎然、兴致勃勃;别人习以为常、麻木不仁了,他反而痛苦起来,甚至痛不欲生。

痛苦的感觉也终于来到了我的心里。

在那些日子的聚会上,被病容和苦恼笼罩的我,有时就会露出有气无力的样子。身体虚弱还在其次,更主要的是一种精神上的黯然。

我的同学看出了这种黯然,但是他们或者和我一样,也正在不知所措中,或者是被分配在工厂里,各自满足着自己拥有的一切。

那时候,一个人进了工厂当上工人的那种优越感,不会低于今天考上北大、清华的,不同的时代,有不同的世俗和理想,说浅薄也罢,说人性也可,都无可指责。

但是那时,安宜的妈妈安慰着我,说了一句话:"梅子涵哪,迟也不一定是坏事,说不定你将来会比别人更加好。"

那是一个下午,我站在阁楼楼梯口,安宜的妈妈站在厢房的门前。

那天天气不好,从楼梯口的天窗看出去,天空是阴的,南京路上的人流声隐隐可以听见。

这句话我是如此难忘地记住了,和那碗鲜美的鸡汤面一样,和妈妈永远的笑脸一样。

后来,我成了教授和作家。

我应该去对她说一下她对我说过的这句话……

但是,已经不可能了。

她早去世了。

很难相信,这样的一位母亲,竟然遇上了车祸。

我知道这个消息,是事情过去了以后。那时,我在上大学,去安宜家阁楼的机会已经很少了。

我没有在这位善良的、关怀过我的母亲身边最后地站一下,没能送行,看着鲜花簇拥着她走往远方。

我知道,如果那时我在她的身边,我会哭的。

为此,我难过了很长时间。一直到现在,只要想起来,还是会难过。

她为我祝福,虽然是那样一句简短的话。

我总该亲口告诉她一声,这个珍贵祝福的结果吧。那个阴天,站在厢房的门前,这样的一句话、一个祝福,对于一个年轻人、一个她心目中的孩子,它的意义,也许是无法评估和解析的。不是说在那个时刻,它一定就立即给了你无限多的鼓舞,使你精神抖擞,珍贵的是那一句话、那一点关怀、那一个安抚!

在下乡的十年里面,我尽可能地搜寻完自己的记忆,怎么就再也想不起来,还有哪一个人对我说过,梅子涵哪,说不定你将来会比别人更加好。

很多人难道都没有说这样一句话的智慧吗?或者是对你有这样的信心?或者是对人有真正关切的心肠?何况后来,在我努力的时候,在我虽然努力,人生却尚未改观的时候,以至于到现在,我仍旧在向着前面的人生行走的时候,我都会想起它,真真实实地想起,而不是为了做文章。

我打电话给安宜,说起我现在想到的这些事情时内心的感动和难受。

她说:"已经二十年了。"

——安宜的妈妈已经去世二十年了。

二十年了。安宜家的那条弄堂和房子已经被拆除,南京东路成了步行街。

我不知道安宜她们有时候经过这里,会想些什么,也许是自己的童年、弄堂口的布店和瓷器店、昔日这条马路的清晨和夜晚……而我总是会想起584弄阁楼……还有我们每次去，桌子上的盘子里放着的大白兔奶糖……最最特别的，当然是那位母亲和她的祝福。

阳光是每天都会消失的吗？还是也有永存的呢？

子涵说：这里写的是一个母亲说过的话。这一句话其实平平常常，但因为被我温暖地记住了，所以才有了后来的感情、感动、故事、缅怀。每一天发生的事情和事情里的细节，到了明天就可能什么也不是了，可是如果你记得，那就不仅有了美好，而且还有了文章。在这个繁忙时代的粗糙日子中，我们没有办法要求别人乃至要求自己去天天记住一个个有意义的细节，但是不记住，又总归是遗憾。我是希望自己的这种遗憾能少一些的。

每一条路上都有风景

上小学时,我的作文写得一般,班里写得最好的同学叫王大导。有一篇作文写春游,他第一句话这样写:"路边的树在往后退去,我们的汽车开了。"

我们听着王老师念,心里都模模糊糊一震,因为如果我们写,肯定都不会先写"路边的树在往后退去",再写"我们的汽车开了……",通通把不会动的东西写得动起来,来表现动……王老师讲评他的作文,赞叹的也是这一点。那时候,我暗暗地佩服王大导。

上中学时，我的作文也写得一般，班里写得最好的同学是周黎明。有一篇作文写他的弟弟，唐老师称赞时喜形于色，我听着，油然地觉得，唐老师因为喜欢周黎明的作文而格外喜欢周黎明了，就是我后来知道的成语:爱屋及乌。

中学毕业，遇上"文化大革命"，我下乡到农场。其实我是可以进工厂的，那个年代，中学毕业，如果分配进工厂，那么在心理上、精神上，会比现在考上北大、清华更兴奋、更优越。可是我却希望到农场去，觉得农场天地广阔，有诗意，而工厂，四面的厂房，多么的狭小……

现在我想，那是不是属于文学在我身上最初的萌发呢？

然而那时，整个国家，却鲜有文学呀。

那时候的作家和诗人，精神大多处在匍匐的状态，匍匐在曾经那么崇敬地读着他们的书，日子因而变得明亮有希望的人们之前。那时候，作家是最最不神气的几种人之一。

我被分配到农场的砖瓦厂。砖瓦厂在一条河的边上,烧出来的砖瓦被河上驶来的船运到各个地方,一幢幢的红砖瓦房就平地而起了。

我在窑上,不断地往火眼里加着煤。可是我听见了什么呢?

我听见河对面的草房里,传来打倒某个作家的口号声、喊叫声。我就奔过去看,作家低着头站在台上,被那如火如荼的喊叫声淹没着……

可是文学好像是打不倒的,因为就是在那样的日子里,我开始学着写诗,学着写散文了。我没有想着当作家。我常常没有很明确的志向、很实际的打算、很具体的计划。我是一个跟着感觉走的人。只要有感觉了,我就会去走。

在这海边农场的一天天的日子里,写作其实并不是那么有诗意的,而是平常得乏味和寂寞。可不知为什么,我就是觉得诗和文学那么吸引我,使我热情满怀、跃跃欲试、欲罢不能。

我幼稚地写着它们,誊写得清清楚楚,给我农场的同学们看,盼望着从他们那儿听见赞扬,听见鼓励,我的心情会因此变得快活无比,充满希望,鼓鼓的,像一面帆……

这是一件感觉奇特和有意思的事,河的对面有作家被打倒了,在那儿劳动;河的这面,一个年轻人又开始走他们的路。

我没有想到我后来的每一天都是在写作之中度过的。我成了作家,而且一天天地"著名"起来。

请你来写小说、写散文的刊物和出版社是那么多,几乎每一天都有人给你打电话和写信,备忘录被写得满满的。你很自豪,可是你也筋疲力尽。你原本是一个不肯马虎、追求完美、只要有一点点遗憾就会睡不好的人,于是原本幸福的作家日子就变得有很多的苦恼。

我很辛苦。

很多的作家都很辛苦。

所以你看有些作家要抽那么多的烟。让烟烧去他们的疲劳,烧去他们的烦躁,烧着他们的灵感,把每天都可能暗弱下去的激情烧得升腾起来。他们和农民不一样,农民每天只要扛着锄头走到田里;他们和工人也不一样,工人每天看着图纸就可以生产。他们和很多很多干别的职业的人都不一样。你尝试了就知道了。

不过我是不抽香烟的。

我喝咖啡和茶。

上海有一个东方商厦,世界各地的咖啡在那儿都有专卖——牙买加的蓝山咖啡,苏门答腊的曼特宁咖啡,巴西的圣多士咖啡,也门的摩卡咖啡,哥伦比亚咖啡……

蓝山咖啡是世界上最好的咖啡,六百元一斤。有一次我去买蓝山咖啡,丢了一万元钱。那是我写的一本书的稿费。那个晚上天气很冷,我的心里很沮丧……

我希望我们的国家有更多的人来当作家,可是我又无意"号召"。

能怎么样就怎么样,哪一条路上的风景不好呢?

王大导和周黎明后来都没有当作家。在小学和中学写作好的人,长大了不一定能够当作家。

这未必是一种遗憾。这也未必不是一种遗憾。

子涵说：在这一类的文章里，有一些陌生、难解的词语，如"文化大革命"等。这都是一些特殊年代的事情和概念，你只要能感觉到一些意思就可以了。我们就是在那个很特殊的年代里成长起来的，所以每当讲自己的故事，总是难以回避。我要告诉大家的是，那买咖啡丢的一万元钱，第二天失而复得了。是卖咖啡的那位小姐捡到的，交给了商场领班。从此以后，我买咖啡只到她那儿买，因为她给过我一个故事的美好结尾。生活里的所遇，不是每一个故事都会结尾美好的，要看你有没有"运气"，可是"运气"又往往是由一个人带来——一个善美之人。

《荔枝蜜》的故事

《荔枝蜜》是作家杨朔写的散文,被收在我中学时初一语文课本里。它和我的一段刻骨铭心的记忆有关系,这个刻骨铭心的故事发生在初一开学的第二天,也就是9月2日。

胆小,爱脸红,是很多人小时候都有的毛病。我小时候也一样,所以我小时候上课是不太敢举手发言的。我最怕老师说:"请梅子涵同学回答这个问题。"很多人小的时候不太会说话,不善于表达,其实并不是他的嘴巴真的比别人笨,而是因为胆子小、害羞。

我上中学时,初一开学第二天的那节语文课,让我刻骨铭心。

季老师说:"我要请一个同学把《荔枝蜜》复述一下。"复述就是把课文的内容用自己的话讲一遍,很简略地讲——提纲挈领,小学时已经学过。

季老师低下头看了一下名册,说:"请梅子涵同学来复述吧。"这很像是一个晴天霹雳。

我站了起来,然后低着头,用手摩挲着书。心里是想讲的,但是嘴巴张不开,面红耳赤。我回家预习过了,知道它的内容。其实复述一下真是件很容易的事,但是我就是这样低着头,低着头,摩挲着书,摩挲着书,面红耳赤。

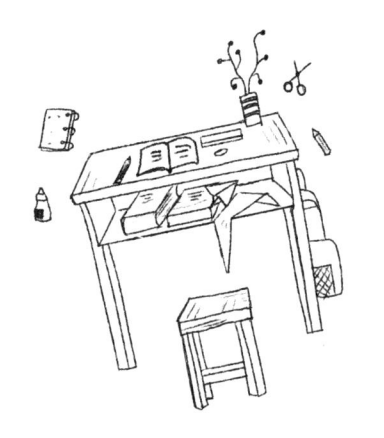

季老师说:"梅子涵同学请坐吧。"我坐下了。

吴小毛赶紧举手说:"我来复述,我来复述!"在后来的三年

中学时光里,吴小毛一直喜欢举手……我佩服他。

这个故事有趣的部分在后面。

中学毕业后我去当知青了,当了十年知青,考取了大学,大学毕业后当了大学老师。这一天到一个地方去讲演,下面坐着八百多位中学老师,我讲演的内容是《怎样讲演》。

我一定是讲得很精彩吧,台下始终掌声热烈,最后也在热烈的掌声中结束了。可是我说:"我还想再说几句可以吗?"

我说:"本来,我没准备再说的,可是刚才大家在热烈鼓掌的时候,我突然看见了我的中学语文老师季老师,他教过我一学期语文,初一开学的第二天,他让我复述杨朔的散文《荔枝蜜》……季老师,我现在能够复述《荔枝蜜》了,您一定会为我高兴是吗?"

掌声更加热烈地响起。

在这两个故事当中,当然是我的一次次讲话,在大家面前讲话,在大庭广众之下"滔滔不绝",这回紧张了,下回继续讲;下回面红耳赤,再下回仍旧讲……天长日久,才总算有点口若悬河。

不就是开口讲话吗?开口讲话有什么不好意思的?就像张口吃饭、睁眼看人、抬腿走路一样。可以说完全一样。

请记住一个经验:讲的时候不要低着头,而是看着对方,看着大家,不管他水平是不是比你高,地位是不是比你高,年岁是不是比你大……别管那些,管那些干什么?我把我的想法讲给你听,我把我知道的故事叙述出来,在我的面前只有听众,没有别的!

在你讲话的时候,人群中的确会有高傲的目光、自以为是的目光、优越的目光、不以为然的目光……诸如此类的目光朝你投来,你别回避它,别躲躲闪闪,而是要直面着它,却又无视它,对于这样的目光,唯有无视,才是最有力量的!

告诉你一件事情,像我这样一个在中学复述《荔枝蜜》都哑口无言的人,上大学后竟然得了上海市第一届大学生演讲比赛第一名呢!而吴小毛没有得。许多曾经比我会讲得多的人也没有得。

什么事情不会发生变化呢?什么梦想不能成真呢?

子涵说:是的,什么事情不会发生变化呢?什么梦想不能成真呢? 初一的时候,我的数学也是学得糟糕透顶,结果我在暑假时自行补习,超前学,从初二开始,我的数学成为全班最好的了。成为大人以后,我从来不敢当着众人的面唱歌,开联欢会,我总要别人答应我不叫我唱歌,不请我表演,我才肯参加。去卡拉OK,去舞厅,永远是坐在角落里听别人唱,看别人舞,心里实在是觉得他们唱得不怎么样,跳得也一般,可就是不敢亲自去试上一试。而现在,我虽然不敢说已经成了"情歌王子",但肯定早就不是昔日那坐在角落里的"耗子"了。大胆地走到"舞台"中央去,洒脱地学一学、练一练,你就有可能成为明星。这是一个真理。

他也会是你

我叫梅子涵。

我父母给我起这个名字,是希望我有些涵养,有些文化。我从小就是按照父母的希望做的,努力学习,成绩优秀,小学毕业以后考取了很好的控江中学。

可是中学毕业以后却正逢"文化大革命",我不能继续上高中,而是"上山下乡",到农场去了。

我在农场待了十年。在农场的日子里,每逢一个月发工资的那天,我会到镇上去。那是一个古老的镇,年代久远的围墙仍然可见残垣。

到镇上去,有三条路可走,两条基本是笔直的,只要在到公路的时候拐一个弯,而另一条路则是一条弯弯曲曲的小路,在农民的屋宇间穿行,拐过来拐过去。可我就是喜欢走这条拐过来拐过去的小路。

这是为什么呢?因为在这条路上有一所中学。

这是一所很有历史、名字也很好听的中学,校园里树木葱茏,一幢幢教学楼在林荫道的那一头。

那个年代校园里没有读书声,可是因为它是一个校园,猛然地出现在这寂寞的路上,所以便强烈地吸引了我。

于是每个月发工资的那天,我到镇上去,就总是走这条路,就总是在这个学校的篱墙外很沉浸地站一会儿,感受着校园,想起曾经的读书日子,想着我还能走回校园吗?捡起一点心里的失落和茫然。

十年里,多少次这样的沉浸和捡起呀。

后来我考取了大学,当了教授,每天走在校园里,可是我总也忘不了那些站在学校篱墙外的时间，那些日子总是恍若眼前。

我想，我后来每天能够走在大学校园阳光之下的日子，是不是那些站在学校篱墙外的时间的必然延续呢？是不是我灵魂里向往校园、向往知识和文化的如愿以偿呢？

我想，一个向往校园和文化的人总会是有出息的，无论生活把你放逐到哪里，多么失落和茫然，总有可能重归文化，走向不俗的境界。

在一个大学招生的日子里，我作为考官面试一个考生。这个考生正是来自那个小路边的学校，我就把这个故事讲给她听了。

我是用第三人称讲的，讲完故事，我问她，这个故事里的那个人是谁呀？她说是谁呀？我说就是我。她愣了愣，笑起来。

我现在要讲另一个故事。故事的主人公是一个中学生。

故事和一条不热闹的路上的一个很小的书店有关。中学生的家在这条路的这一头,他的学校在这条路的那一头,很小的书店在当中。

中学生去上学,或者放学回家,总是要经过很小的书店,中学生竟然几乎每天都会走进书店。

是什么在吸引他呢?是里面的书哇。为数不多的书,而且也不是经常翻新的那些书。是那些由一本本放在书架上的书所凝成的气息吸引了他。是那翻开的一页页书里的令他肃然起敬的知识吸引了他。

那是几乎整整的初中六个学期。六个学期的几乎每一天。

这个中学生总共买了多少本书呢?不多,很少。他没有能买很多书,那时的一个中学生,口袋里不会天天有钱,如果有钱,也是很少的一点点钱,可以买一个大饼,但买不起一本书。

六个学期里,他只买过一本《叶圣陶谈修改作文》,一本《因式分解》,一本《袖珍英汉小词典》,还有两本什

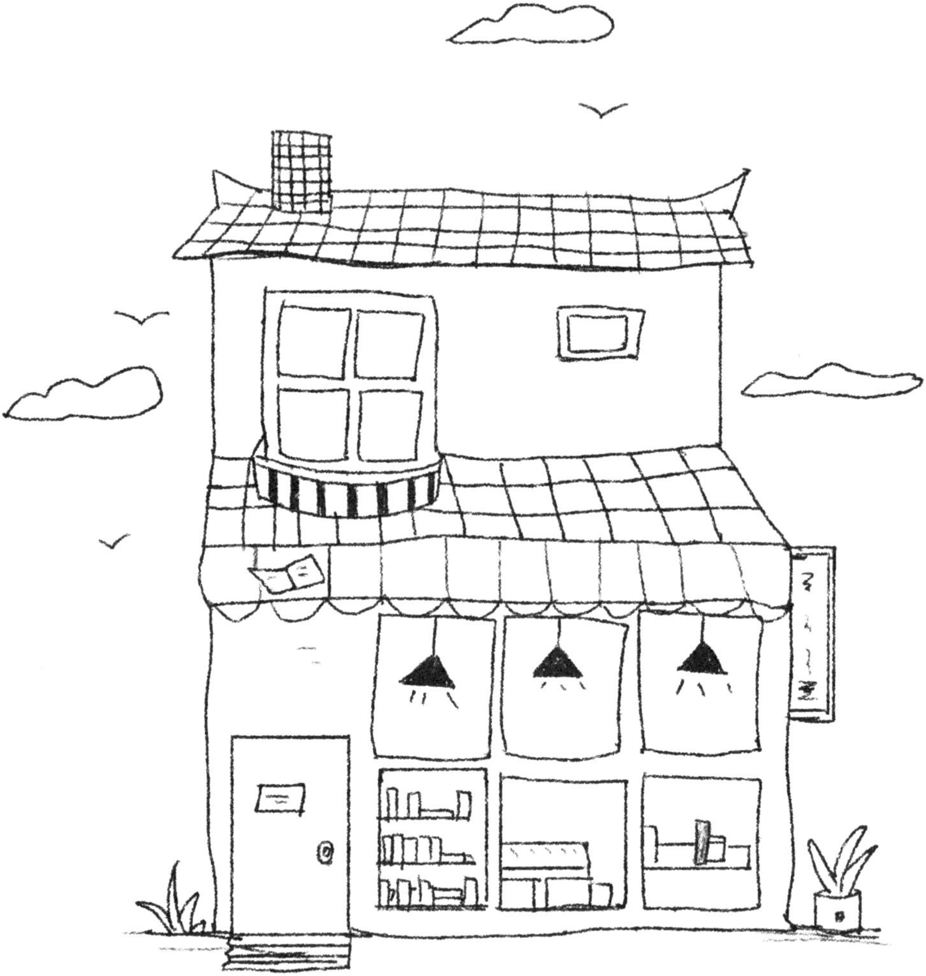

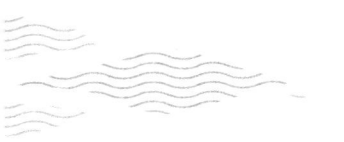

么他忘记了。

一些年之后,这个中学生成了作家,当了教授。他家里的书是那个小书店的很多倍,人家到他家来,第一句话总是说:"啊,你家有这么多书哇!"可是他却会一直想起那条路上的小书店,想起它的气息,想起每一次走进小书店的情形,心情激动。

有一天晚上坐在灯下,他突然这么想,我现在这样,当着作家和教授,和那时天天走进那个书店有什么关系呢?

这天晚上他写了一篇散文,他在散文里写道:哦,有的,有的,我想是有的,我总感到自己后来的道路、人生、精神、趣味……都跟它有一些什么关系,好像它总是有一些隐隐约约的"奠定"与"开辟"的意义。讲不清楚的,但是感觉得到。感受到的时候内心充满诗意和激动。

他又写道:哦,是的,一个小时候就常常走向书、走向书的感觉的人,他长大了大概不会平庸的,不会平庸

的吧!

现在那个小书店不存在了,就像上海马路上无数的昔日景点一个个消失了一样。

有的时候走过那条马路,他会这样想,如果这个书店现在还在,那么他走进去一定会在书架上发现一样以前没有的东西,它可能放在《叶圣陶谈修改作文》的位置,可能放在《因式分解》的位置,可能放在《袖珍英汉小词典》的位置,这就是他写的书!

他写的书没有他曾经买的书那样不朽,那样实用,但是这是他写出来的,被放在了他少年时代天天走进的书店里,会有一个个年轻的中学生来翻看它,买走它,想到这一点,他的心里如诗如画,只感到生命迷离的美好,恍恍惚惚。

现在,我如果问你们这个故事里的中学生是谁,你们不会说不知道了吧?

是的,他就是我。

可是我突然想到,他可以不可以也是你呢?是若干年以后，你讲给别人听的故事里的你。

因为我的用意，正是想以我的这些个人故事，来唤起你们写出自己的故事的激情和灵感，而且你们一定会写得出色得多，因为你们现在所逢的时代是那么好。我所讲的这两个和校园有关、和书有关的故事未必会多么深切地打动你，因为你们今天沉重的学习生活，已经使你们恨不得快些逃离校园，走出书本。

可是我要告诉你们，一个出色的、高贵的、蓬蓬勃勃的生命，它在现在和未来，是注定逃离不了校园和书本的，它们巨大的光照和绿绿的浓荫，会覆盖你生命的全部，洒在你一路行走的全程。

这一点，你现在也许不甚理解，但是你可以用一生去慢慢理解的。

在我的这个校园的故事和书店的故事里，都有着一条路。

人的一生总是由某一条路上走来的，往某一条路走去。后来走到了什么路上，故事是不是精彩，常和曾经在路上看见什么、沉湎于什么风景、渴望的是什么、向往的又是什么有关系,有着很大的关系,甚至是决定性的。

曾经走过的路和未来要走的路,一切都不是刻意的,但是听着已经走过来的人的讲述时,你便可能就不会拒绝留意了。不拒绝经验,往往也就是不拒绝真理,你说对不对?

子涵说:这篇散文里的故事,我对不少人说过,在一些讲演里我也生动叙述,都让人启发不小。每一天无目的地过着日子,哪里知道什么未来的事情,可是,未来的日子里,你想起从前,不由得就发现了些哲学的意味,发现了真理的轨迹,便感叹了起来。每一个尚未长大的人,总是时不时会听见长大的人的这番那番的感叹,讲出了人生的某些真谛,这时,别捂住耳朵,成长是需要倾听的,我们倾听了,结果我们就比别人更加顺利地长大。

大学的故事

考大学的时候我已经二十八岁,那是1977年年底的时候。

我在农场砖瓦厂当知青。"文化大革命"结束,大学恢复招生。我们就在农场里报名。报完名农场先考我们,考作文和数学,看看我们行不行。

我数学得了八十分,作文来不及写完,但是场部的人知道我写作好,所以作文没写完还是让我得了八十五分。数学题和作文题是几个六六届高中生出的,在农

场里,六六届高中生是文化水平最高的。我是六六届初中生。

我就正式参加考试了。

考试在南桥,南桥是县城。从农场回上海休假,从上海休假后回农场,都是要经过南桥的,它在上海和农场的中间位置。

将近十年里,无数次经过南桥,回上海的时候,心里想的是离上海近了,离家近了,回农场的时候,心里想的是离农场近了,离砖瓦厂近了。别的我没想什么,更没有去想南桥会和我的以后有什么关系,想到在这儿考大学,想到人生在这儿发生转折……不可能想的。我们早晨四点多钟起床,到外面的自来水龙头边上刷牙洗脸,没有吃早饭,走到场部去乘车。

农场里考大学的有一百多个人,场部就包了车。车由场部开出,上了漆黑的公路。

车上没有人大声说话,到农场快十年了,从来没有过在漆黑的凌晨乘着汽车在农场的公路上行驶,漆黑的凌晨乘汽车到哪里去呢？第一次在凌晨乘汽车是去考大学,这实在是一个没法做的梦。

梦出现了,但是就像这凌晨似醒非醒的感觉,车上昏暗的灯光,使梦和似醒非醒的凌晨感觉更加干脆地融合在一起。

我拿出数学课本翻着,我初中毕业就下乡了,高中数学没有学过,就多翻一页书是一页,多背一个公式会放心一些。

在恍恍惚惚的意识里,清醒的是书上的难题,梦似真非真,天亮以后,车到南桥了。

考场在南桥的一个小学里,小学在一个深的巷子里,巷子的对面是中心医院。

时间还早,八点半考试,现在刚刚七点多。大家就站在小学门口说话,有六六届高中生,有六六届初中生,有其他各届的学生,他们先后来到农场,最大的和最小的相差十几岁,现在一起来到考场,站在门外等待,事情实际上是比较可笑的,我们互相之间实际上也不知道说些什么才好,谁都不知道结果,难道真的就会从这里开始新的征途?

这一天天气很好,晴朗,没有风,升起的太阳还没有照进小巷子,但是感觉不到冬天的冷。有人就说些"你考得取""你笃定"之类的话,这个"你"里也有我,有人说我"考得取",说我"笃定",可是我看看时间还早,就走到中心医院挂号间旁边的长凳上坐下来,仍旧翻翻数学书,我想不要浪费时间吧。

第一门考数学,题目真是一点都不难。我是初中毕业,没有学过高中数学,可是我上中学时数学是不错的,尤其是初二开始,几何突飞猛进,几何带动代数,几乎就成了班级第一了,数学我有基础。

但是,我几乎第一道题目还没有做完,就想小便了。心里老是想,啊呀,我要小便了,心情就有些发急,思维不顺畅起来。

小便的感觉真的是越来越强烈,我预感到也许等不到题目全部做完,我就要跑出去小便了。我是个重视

轻轻的呼吸

名誉的人,不可能为了考试而把小便尿在裤子上,尽管这是在考大学。

到了最后,我知道我必须离开考场,已经迫在眉睫,我坚持不下去了,可是还有一道题目没有做。我六神无主,脑子里没有一点思想地站起来,朝门外走去,我不敢拼命地奔,怕被别人看出来我小便来不及了,一直到走出教室才敢奔起来。

小完便,走到教室外面,从窗户看进去,别人还在做,在检查。我心里就开始没有劲起来,懊悔怎么想小便的,想想早晨又没有喝过开水,小便是从什么地方来的?如果不小便,那么最后一道题目自己肯定是做得出来的,而且还可以好好检查一遍。

中午自己到街上买面包吃,一点水也不敢喝,怕下午考试时又想小便,干死是不要紧的,但是想小便就完蛋了。

我们在春天的时候收到录取通知书,在春天的时候走进了大学校门。这是一批失而复得的人,梦想成真,但总归恍恍惚惚。

不像现在的大学生报到的那天前呼后拥,全家几乎倾巢而出,大学校门口小轿车面包车停满,我们那时是独自而来,自己背着包背着铺盖来报到。

我们十八岁就离家而去,上山下乡,学会了自己照顾自己。

我们没有穿新衣服,身上的衣服是上山下乡在农场的时候穿过的,已经旧掉,洗洗干净又穿上的,艰苦朴素。

校门口横幅上写着:欢迎您,新同学!我们看了不由得感慨万端、摩拳擦掌。

这一届叫七七届。1977年冬天考试,1978年春天入学。

从冬天到春天,就这一时间跨度的意思而言,倒是既解释了我们个人命运的演变,也解释了社会和历史的曲折。

个人总是被社会和历史决定着,社会是冬天,个人就寒冷;社会解冻了,个人就温暖起来,阳光明媚、生机盎然。

这个大学在上海的西南角,校牌是郭沫若的手迹,校园分为西部和东部,一座木质的桥把它们连了起来,小河由下面流过。每一条路上都有法国梧桐的绿荫,我们总是在梧桐下面行走,走进教室,走向图书馆,下雨不用打伞。

上课是每天的期待,考大学正是为了走进校园、走进课堂、走向知识。人的生命可能都是渴望教育的吧,我们在应该读书的年龄上山下乡走入社会,生命和灵魂里就有了对校园、对课堂、对知识的特别向往。

在农场的砖瓦厂当知青的时候,我们会专挑发工资的日子去奉城。奉城是一个镇,沿着河走,快到镇上的时候,经过曙光中学。这是一个历史悠久,有光荣传统的学校,培养过高级干部,其中包括一个驻苏大使。

校园被篱墙围着,透过篱墙看见校园与教学楼,绿意盎然。

我看着里面的建筑和情景,总是心旷神怡,流连忘返,就像接受了一次小小的洗礼,精神满足了许多……

一些年以后,我成为大学教授,在面试新生时,和一位来自曙光中学的学生交谈。我问她,一些年以前,有一个知识青年,就在离你们不远的星火农场下乡,每一次到奉城去,经过曙光中学,都要伏在篱墙上朝里张望,流连忘返,你说他是谁呀?她说,是谁呀?我说,是我。

大学里上午第一节课八点钟开始,但是阶梯教室第一、第二排座位早晨六点多就被人占好了。他们在桌上放一本书,放一个本子,对后来的人说,这里有人的。每一个人都认真地记笔记,回到寝室以后,再借别人的笔记,把自己的笔记补全。

我那时当班长,有的女生考试得了九十几分难过得不想吃饭,因为考试得一百分的一个班总会有好几个,我只好去做思想工作。我说,快吃饭吧!我这样叙述,当然不是要在此提倡和鼓吹不吃饭,把分数看得重如泰山,我只是想描述那时我们读大学的一些情景,我们怎样看重失而复得,看重努力,看重学习成绩。

我一直记着那时当我们得知今天来上课的是一位副教授、是一位教授时的兴奋状,渴盼的目光,虔诚的心情。

我们是崇羡知识而非崇羡头衔,因为崇羡知识所以也同时崇羡知识的头衔。就像我在农场里的时候,听见连长老阿关说,隔壁十七连新来的指导员是农学院的讲师,叫老姜,我心里立即就生出膜拜、崇羡的感觉,想去一睹为快。

没有人在大学校园里闲逛。没有人在寝室里打扑克。更没有人在寝室里打麻将,那是不用说了,那时候中国还没有大规模地"普及"麻将。

不可能见到一个男生和一个女生相拥着在校园里走来走去,谁都没有闲工夫走来走去,没有闲情逸致走来走去,也是因为懂得校园的节制和校园真正的诗意。

夜晚的教室灯火辉煌,图书馆里是辉煌的灯火……

我们编文学刊物——油印的和手抄的；文学社团林林总总，出了小说家和尤其多的诗人。那是些真的诗人，不是光写煞有介事的句子和只有自己知道的意象的那种诗人。

我们写呀写，往稿纸上抄，往蜡纸上刻，往墙上和橱窗里贴，往编辑部寄，社团之间还座谈和研讨……我是"拓荒社"的社长，后来当了中文系《文友》的主编。

那是一个稿纸上写满现实故事和"文革"苦痛，但是精神分外浪漫的时代。后来我们当中就有人加入了作家协会，有的成为著名作家。

我上的是中文系。中文系向来都是令人羡慕的，以为读了它可以成为作家，它可以把人培养成作家，但是其实不然。这是一个让你了解和研究中国语言与文学的系，而并不在乎你是否写得出诗歌和小说来。

中文系不培养创作而培养研究，教授和讲师们曾经一个个为当作家和诗人而来，但是没有当成作家和诗人，而是成了教授和讲师，成了评论和研究文学的人,于是他们也就不在乎你们去写什么小说和诗歌了,而是在乎你们有没有走着和他们相同的路,继承衣钵。这是一件合情合理的事,因为一代代人都这样,我们的老师,我们的同学,我们的学生。

中文系的全称是中国语言文学系,意思就是学习中国语言文学的,而不是创造、再生中国文学的,不是"作家培养系""诗人培养系"。

中文系的教授和讲师几乎异口同声地说,作家和诗人不是培养的,而是从生活中涌现的。他们的这句话也含蓄地告诉了你,他们以前都憧憬过当作家,但是没有人把他们培养成作家。

我在上大学的时候一直写作,写小说、散文,并且寄出去发表。

我写作的地点通常是东一教室,上午的时候我们常常听课,下午别人看书,我则写作。

我喜欢坐在这个阶梯教室的最后一排,由上往下看见所有人,视野开阔,而在我的身后则没有人看我。

我看着窗外的路和梧桐树,快到黄昏的时候,诗意便与夕阳一起降临,充满心间,纸上的故事和感情很容易就顺畅起来,交织着真实和虚构,连绵不断。

我是在农场砖瓦厂广播室的小屋子里开始写作的,那时我当广播室"台长"、播音员和记者,所有的事几乎我一个人干。

为了丰富播音节目,我就开始自己写诗歌、散文、小说播送出去,播送的时候我说:作者,梅子涵。后来我用唱片配乐,就成为配乐诗、配乐散文、配乐小说。我还把它们寄到报社和杂志社去,也发表了。我后来能成为一个大学生,和那时努力地写作很有关系。

我从农场砖瓦厂的广播室来到了大学的东一教室。曾经从广播室西面的那扇窗户,也能看见树和夕阳,我伏在广播室的桌上写过一篇散文,叫《我和小白榆》,小白榆长在窗外,文章是触景生情写成的,主题为:小白榆在这贫瘠的盐碱地上年复一年地生长,我应该向它学习。

文章表达的情感是真诚和向上的，洋溢着浪漫主义精神。散文后来被收进了大学写作教材,我考进大学时,教写作的老师们说,写《我和小白榆》的梅子涵考进来了。

教我们写作的老师叫吴国英,长得矮矮的。她在一个学期的课里多次讲评我的作文,给予了充分肯定。这是大学的课堂,受到这样的评价,我知道了自己的确不错。她自己没有发表过什么文章,退休的时候仍旧是讲师,但是她对我的讲评与肯定使我受到鼓舞,意义非同小可。

教我们课,一直到退休仍是讲师的还有一位刘先生。刘先生如今九十多岁了,给我们讲《左传》和《战国策》的时候七十多岁。他是中文系的第一任系主任,我们进大学时,他只是古典文学教研室的普通老师。他在很多所大学任过教,最后来到上海西南角的这个校园。刘先生是一个只说不写的人,所以他的昔日同事、今日同事里,功成名就的不少,他却始终普普通通,不是副教授,更不是教授。但是他的课讲得实在精彩,在我们所有的课里是排名第一的。

我们在东部101教室听他讲课,精神饱满、兴趣浓烈,他让古典文学成了所有学生都喜欢的课。当他讲完最后一节课时,101教室掌声雷动,接着他就离开眷恋一生的讲台,退休了。退休时他是讲师。其实他只要随便写几篇文章就可以当副教授或教授的,但是他不写。他不会写不出来,但是因为什么原因就是不写,这成了一个谜。

他住在学校东部一个异常清静的院子里,我有时能在学校的路上看见他,他迈着平静而有力的步子在走,我有时也会从他住的院子外走过,走过的时候心里就想,刘先生住在这里,感觉上不知怎么就有些自惭形秽。

比起他来,我们许多人,包括我,无论如何都是不超脱的:评副教授,评教授,把职称看得高于一切。有的人更是不择手段,表现得相当无耻,然后就把它们写上名片,去招摇过市。

这个时代的不正之风和人格缺失,在评职称的问题上得以充分体现。刘先生是逍遥的。

我们寝室共七个人:我、盛小萌、陆祖庆、胡昆明、张振国、徐祖源、侯晓民。

张振国、徐祖源是六六届高中生,来自郊区,结婚了,已经有小孩。我、小萌、祖庆、昆明是初中生,但是祖庆和昆明也结婚了,生了儿子。

侯晓民最小,高中毕业正逢恢复高考,就幸运地从高中校门走进大学校门,他和张振国、徐祖源他们相差了十岁。

这是年龄结构最奇怪的一届大学生,他们组合在一起,自然就有了"奇怪"的寝室话题和文化。

比如张振国、徐祖源们就要谈到老婆和小孩,谈自留地和盖房子,他们已经是丈夫和孩子的爹了,他们不可能不谈这些。

他们谈的时候,侯晓民们只好听。他们别说老婆和小孩,就是女朋友也没有,还嫩着呢。

盛小萌们介于当中,没有老婆但是女朋友已经偷偷在谈。他们从小受传统教育,所以"作风正派",怕难为情。他们不好意思说自己有女朋友,但是又心怀甜蜜,就克制不住要小猫钓鱼,触及这样的话题,羞羞答答,又热情洋溢。

他们谈这样的事情都是在晚上熄灯以后。就像剧场里,先熄灯再拉开布幕,演出正式开始。

盛小萌睡上铺,陆祖庆睡下铺。下铺结婚了,上铺没有结婚。结过婚和没有结过婚不一样,前者难免"无耻"点,而后者难免要含蓄点。但是我刚才说了,含蓄的、羞羞答答的却又热情洋溢、小猫钓鱼,所以就正中结过婚的人下怀,趁机引诱你讲。

结果他们就讨论起哪个女演员漂亮来,盛小萌坚决说李秀明漂亮。李秀明是横跨20世纪70年代到80年代的明星。

陆祖庆说:"那么你敢说你爱李秀明吗?"

盛小萌说:"你这个赤佬!"

陆祖庆说:"这说明李秀明还不够漂亮。"

盛小萌就急了,忘记了含蓄和羞羞答答,竟然大叫一声:"说就说,我爱李秀明!"

星期六,上海的同学要回家。

徐祖源也回家。他住在青浦县(现在的青浦区)徐家宅。他骑车回去,他把自行车骑得比汽车还快,两个多小时就到家了,有人就说他想老婆,但是他说要回去种自留地。

盛小萌住在江苏路,他回家前先刮胡子,照着一面小镜子刮,有人就说,胡子刮清爽哟!有弦外之音。盛小萌说:"这个赤佬!"

现代文学课和别的一些课一样,也是采取分段讲的方式。他讲《新青年》,你讲《阿Q正传》,他讲《女神》,你讲《子夜》……教课的黄先生讲的时候就说,我们现在只知道鲁迅、郭沫若,但是我们不知道沈从文,在美国,写研究沈从文的论文,可以申请博士学位。

我们当时就想,沈从文是谁?

这是一个无意间听到的消息,大家就开始放在嘴巴上讲讲,并没有想到可以去干什么事情。有一个同学姓邵,那是一个貌不出众、才不惊人的人。他就开始到图书馆去找沈从文的资料,抄下了许多,他还到北京沈从文家里去,沈从文留他吃饭,还要给他乘火车的路费。他开始令人刮目相看,大学毕业就被留在学校图书馆里。

毕业的那天,同学们已经散去,宿舍楼里骤然就没有了声息,有一辆出租车开到宿舍门口,上面走下一位姓金的先生,他说他是从美国来的,找邵先生。有人就指着正好走来的邵同学说,他就是。原来金先生正是研究沈从文的博士,他来上海找邵先生切磋。几年以后,邵先生和一个出版社合作,出版了《沈从文文集》。一些年以后,邵先生也去了美国。

又过了几年,上现代文学课,引领我们认识了沈从文的黄先生退休了。

子涵说:写着这些故事时,我的心里充满感慨。一眨眼,大学毕业都已几十年了。我不再是那个英俊的小伙子,人们开口便称我梅教授,以为我一定会很高兴,殊不知,我一点也开心不起来。我喜欢年轻的感觉,可是一根根白头发总是那么快地取代着你的黑发,措手不及,防不胜防,无可奈何,花落去也。但,猛然发现,原来一个人的精神和心态是可以继续年轻的,激情可以很年轻,语言可以很年轻,乃至歌声都可以很年轻……哦,我原来仍旧是很年轻的!

一个写作的故事

上大学时,我每天下午都到东一教室去写小说。

一遍遍地写,一次次地把纸揉成一团扔掉,好像没有过一挥而就的时候。

那些傍晚,当我离开东一教室回寝室的时候,心里总感觉今天下午的时间又浪费掉了,结果就觉得不那么开心。

《马老师喜欢的》就是在东一教室用了好几个下午,疙疙瘩瘩写成的。写着写着,我流下了眼泪。我虚构了一个维小珍,也虚构了一个马老师,但是在写这个故事时的心情和愿望却是真实又虔诚的。

我把它登在了我任主编的社刊《拓荒》上。那时候,全校不知有多少个文学社团、文学刊物,我创建的叫拓荒社。

姚子明日夜地刻着蜡纸,刊物印出来后,他又四处散发,张贴在墙上,每一天都把听来的对于这篇小说的好评告诉我,由衷又快活。那种友谊和心态,是一直让我很怀念的。

姚子明是一个忠厚又热情的人,认真地干着一切,但是从不流露出他有多么辛苦。我至今最珍爱的一套十六卷本的安徒生童话全集,就是那时候他为我买来的。

那时候，世界名著刚刚开始恢复出版，要凭票购买，他认识他们家门口新华书店的人，就问我想不想买一套安徒生童话全集。

我说，好的呀！结果，每个星期天返校，他就陆陆续续给我带来了，总共带了好几个星期，十六本才齐。

我因此很有信心地把《马老师喜欢的》投给外面的刊物了。

最先是投给《上海文学》的，但是他们吃不准这样的作品是不是可以发表。后来又投给上海《少年文艺》，他们也吃不准是不是可以发表。原因都是维小珍的父亲是一个劳改犯，并且这个劳改犯不是冤假错案的，不可能平反，所以围绕着这样一个孩子来表现马老师的关爱，可以吗？作为一本刊物、一个编辑部、一个最后要去发表这篇稿子的编辑，会犯错误吗？

这是1979年。我们需要知道这个时间。它不是1989年，更不是1999年。

中国的这二十年，变化翻天覆地。

很多那时候和那时候之前的故事,那时候和那时候之前的思想、语言和行为,今天再去提到,都成了一种滑稽和荒诞。它们在那时是不滑稽不荒诞的,因为那时的人懂得它们产生的原因,知道由来已久的历史。而今天的人不懂,不存在一个理会那些根由的成长背景。这实在不是一件不好的事情,那样的履历能没有还是没有吧,因为那是要付出人性代价的,付出生命意义的代价……

上海《少年文艺》把这篇稿子退给我的是任大星。他是一位老作家。那时候他是五十岁吧。他告诉我江苏也有一个《少年文艺》,建议我投给他们看一看,我就投了。

小说发表在了江苏《少年文艺》1979年的第5期上,这是一本双月刊。

我当然是异常兴奋的,可是我没有想到它会得奖。我这样说,意思不是我对奖多么看重,而是因为如果没有得奖,那么关于《马老师喜欢的》也就没有更多的可说了。可是现在我却还可以继续下去,并且,也正是因为《马老师喜欢的》获了奖,致使我后来没有离开儿童文学,最终成了一个儿童文学作家。

我知道得奖消息的方式很特别。没有发通知,而是《少年文艺》的主编到我家来告诉我。他叫顾宪谟,从南京来到上海,告诉我这个消息。

那是盛夏的八月。我和上海的一群文学青年被作家协会组织去浙江的一些地方体验生活和旅游了。回到家里,我妹妹告诉我,江苏《少年文艺》的主编来过了……

这是1957年至1979年江苏省少年儿童文艺创作的评奖。这期间所有在江苏省发表的儿童文学作品都在这次评奖范围内。

我得的是一等奖第一名。

在此以前,《马老师喜欢的》被江苏省选送参加第二次全国少年儿童文艺创作评奖(1954—1979),经过严格的初评、复评、终评,进入了得奖行列,可是最后在

《人民日报》刊登出来的名单中,我的名字被另一个老作家的名字取代了。

一件很严肃、很神圣的事,最后在一个名字的突然消失和被取代上,显得很不严肃和很不神圣。

这当然是我后来知道的。但是我在江苏省的评选中得奖了。它的级别没有全国高,但它对我有一种真实的亲近,它没有让我听见我想象不到的事情,所以我为拥有它而自豪和快乐。

老顾还告诉我一件事,不是关于得奖的,而是关于作品是怎么发表的。

他收到我的投稿后,难下决心,就把它印了好几份,请南京师范大学和南京大学中文系的老师看,听取他们的意见。他还把原稿给他夫人看,并且郑重其事地说:"这一篇小说我想请你看一看,如果你认为可以发,那么我就发,但是如果以后我因为这一篇小说受到牵连,那么你不要怪我。"

他夫人是《南京师范大学学报》的一位编辑,她看过以后说:"为什么不能发?这是一篇很好的小说,你发,如果以后有什么事情,我和你一起承担。"

老顾在对我叙述这件事情时,眼圈红了。

这是我到达南京的那天下午,在宾馆的会客室里,老顾说:"小梅呀,我们聊聊天吧。"就说起了这件事。

一个虚构的故事,一个关于爱的故事,那么美好,但是却会经历这样的困难,老顾和他的妻子,也需要如此郑重的对待……我把它们说给我的学生、我的女儿听,你希望他们怎么理解?

在这些故事里面,我们理解了老顾这个人了吗?理解了这位编辑和主编了吗?其实可以理解的。就看我们去不去理解了。

这以后,我便一直为老顾的《少年文艺》写小说。

老顾说:"你如果一期能写两篇,甚至三篇,我们也可以登。"我也常常被邀请去参加他们的笔会,南京、苏州、连云港、厦门……我认识了很多朋友,认识着文学和儿童文学,也认识着自己,并且懂得要好好努力、好好提高。

这一切都是从《马老师喜欢的》开始的。

这一切都是从东一教室的那几个下午开始的。

这一切都是从顾宪谟开始的。

我没有再离开过儿童文学。

顾宪谟现在早就退休了。今天的儿童文学界也不大会多提到他的名字。很多受到他关怀和指导、在很幼稚的状态里一点点成熟起来、今天变得著名的儿童文学作家们,还给他写信,给他打电话吗？或是简直就忘记得差不多了？

我也没有给他写信、给他打电话,直到我在写这篇文章的时候,我问自己:我是怎么了？

没有怎么。人就是有这样的缺点,我也有。

不要找别的原因,就是有这缺点！

我现在要去找我的那本旧的通讯录,上面有老顾的电话。

……和姚子明也很久没联系了。

子涵说：我找到了老顾的电话,他当然听不出我的声音。当他知道是我之后,就问我有什么事吗?我说,没有什么事,只是打电话问你好。这么长时间,没有写信,没有打电话,可是今天突然打一个电话,老顾怎么会不问你"有什么事吗"?这其中该有多少"原因"、多少歉意应该对老顾说一说,可是在电话里我又怎么说呢? 但终于打了,终于把那一声真切的问候说出去了,也就终于传达了一份珍贵的感情和心意。这不说对于老顾多么重要,但是对于打电话的人却是重要的,满足了他的记忆,满足了他的心情。人不能没有这些,不能轻易地忘记这些,否则虽然是一个人,却不像一个人了。

关怀生活

飞归的感念

人长大了,就像鸟长大了一样,要到外面飞去。他会觉得天空多好,那么开阔,可以尽情展翅。

他飞呀飞呀,都不想回家了。

家里是那么小,还有"老鸟"的叽叽咕咕,"老鸟"总是问:"你冷吗?吃过没有?"很平庸的样子,烦都烦死了。突然有一天,他懂了,心怀感念地理解了,在以前自己那样尽情、开阔地飞的时候,家里的"老鸟"是如何又关切又寂寞呀。他们把"小鸟"养大,"小鸟"飞出去了,他们就渐渐老了。他们不再飞,而是只能每天趴在窗口,看着天空,盼望着"小鸟"的飞归,可以叽叽咕咕对他们说说话,可是"小鸟"总不飞回……

当"小鸟"懂了这一点的时候,他已经是"大鸟"了,离变成"老鸟"的日子已经不远。

他为自己以前的不懂事伤感,也开始为自己以后的寂寞伤感。他真不希望这样的情景重复,但是他不知道会重复吗……

燕子的春天和秋天

燕子年年春天飞回来,可飞回来的燕子是去年的那几只吗?

燕子年年秋天飞走,它又是飞到哪里去呢?

燕子春天飞回来时从不举行仪式,只听见"唧……"

抬头看,它已经飞回来了。

燕子秋天飞走时从不告别的,只觉得静悄悄的了,抬头看,它已经飞走了。

燕子的飞回和飞走真是一件神奇的事,在高高的天空上,它飞呀,飞呀,怎么能知道这里就是去年的家?

缺少的感受

我们在生活里匆匆行走,我们总是很大意的。

我们忽略了多少大自然的生命形象和语言哪,我们的生命形象和语言里就缺少了情调。

亲近自然不等于去旅游,大自然的绿叶和云朵其实就在我们身边,只是你看到它们了没有?有没有心动的情绪和感觉?兴奋吗?

各种花每月都有开放的,鸟在树林里叫,落雨的时节窗前最是抒情和诗意,发现它们需要的都是你眼的停驻,心的停驻。

我们总是要在生活里匆匆行走,为了奋斗,为了未来,闲暇一定只是逗号,但不能没有逗号,文章能够不

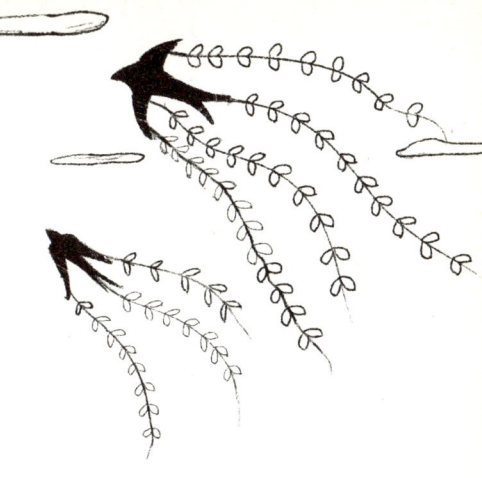

停一下吗?生命能够不感受一下吗?感受的是流水和飞燕,其实……感受的也是生命本身。

感受的时候,你才更知生命多好!

子涵说:每个人每时每刻都会有一些想法,用合适、准确的字句写下来就是文章,就是散文了。很多人的写作都由散文开始,不用你费尽心思去编故事。我也是从散文开始写作岁月的。那时候很幼稚,可是非常真诚。只要真诚,只要能真诚地把心里的感想、激情,一个字一句话地写下来,那就会是一篇文章。我经常想起开始写作的日子。那时我只有初中毕业,那时我只是一个农场砖瓦厂的年轻工人,那时没有什么书读,那时只是因为想写,就写了。

诗性叙述

十几岁的年龄

十几岁的年龄是很好的吧。

它既不非常幼稚,也没有完全世故;既不想沉溺于游戏,也还没有要去考虑生计。

学习和奋斗自然是少不了的,很艰辛,但毕竟耳聪目明,精力充沛;人生的甘苦是已知道了些,但人生的意义还未深入地"思考",看破红尘和宿命论是更加不可能的……

十几岁的年龄追求流行,不懂经典,但也不暮气沉沉,而"流行"正是一种朝气。

十几岁的年龄已经爱美,虽然还不达境界,但也不会俗气,不矫揉造作,有所求又不精心倒也是一种境界呢,美在其中。

十几岁的年龄学会批评了,但结论总是善良和真实的,美丽而积极。

十几岁的年龄需要独立了,但还是容易被塑造,这就既有自尊的灵魂,又可以由美来使你完好。

十几岁的时候,一切都朦朦胧胧,一切都清清秀秀,一切还含苞欲放,一切已亭亭玉立。

十几岁的美丽和独特,十几岁的时候不知道。

十几岁是转瞬即逝的,所以就让我们一天天地过好吧。

现在的时间

女儿他们中学的门口,写着一句莎士比亚的话:在时间的大钟上只有两个字——现在。

女儿考取以后,我就让她解释。

她说,嗯……意思知道一点,但说不大清楚。

我就只好解释。

我说:"意思就是,钟上的时间都是现在的、眼下的,而不是明天的、后天的。我们说,十一点了,就是说,现在十一点,而不可能是指明天十一点、后天十一点、下个星期二的十一点。尽管明天的十一点也叫十一点,但那不是现在钟上所指的,不是我们现在所说的,我们看不见它们。而等到我们能看见它们了,到了明天、后天、下个星期二,它们就又成了现在的、今天的,也就是说,除非它们不来到,只要一来到,只要发生了真正计时的意义,那么它们就肯定是现在的。而反过来,你如果在今天的、现在的十一点说,等到明天十一点再说吧,那么也就等于取消了它对你的存在意义和可能的价值,变得没有意义了,或者说,没有应有的价值了。唯有立即就开始的努力才是真实、可靠的,明日复明日,那么虽然明日何其多,但却等于一个也没有存在过,今日也没有存在过!有一个叫桑塔亚那的人说,在多愁善感的时间中,最缺少伤感色彩的词就是'现在',因为它把幻想与行动联系了起来。有一个叫菲茨杰拉德的人说,时间之鸟只向一个方向拍翅展翼——看,这只大鸟已振羽而去。有一个叫奥古斯丁的人说,现在是一个小得不能再分割的时间,一有伸展,便分出了过去和将来,现在是没有丝毫长度的。有一个叫贺拉斯的人说,即使在我们讲话之际,无情的时光也会飞驰而去;抓紧时间,就在这里,切勿相信未来的某个时机!"

我知道女儿肯定似懂非懂,但中心思想她一定明白,在小学的语文课上,他们操练得最拿手的一技就是

归纳中心思想,有头尾捕捉法、主要内容归纳法、重点段归纳法……

这不,一转眼,她已经是初二学生了。

再一转眼,她就考了高中,考了大学……

活在今天,活在明天

每个人都是活在今天的,只要不死,明天就会到来。所以每个人就既活在今天,也活在明天。为了明天活得成功,今天就要努力;为了明天活得杰出,今天就要奋发。

每一天都是由今天开始,每一个明天都会到来。今天走向明天,明天接着今天。你想让今天和明天分开,但明天不会和今天分开。

今天和明天分开,是在二十四点。但是二十四点不是一个可以停下的时间,零点零一分零一秒已经接着走到。因为新的开始又已经开始,根本不中断,所以也就没有分开,而是连贯的。

怎么分得开呢？人在二十四点时呼吸都是连贯的，从今天呼吸到明天，还没有呼吸完，明天已经是今天，人又活在了今天……

明天是一幢楼，今天就是基础。

明天是一座桥，今天就是桥墩。

明天是一首诗，今天就是一个字。

明天是一篇小说，今天就是一个句子。

今天把一个个故事写精彩了，明天一幕一幕的戏就精彩；今天一笔一画写端正了，明天的"人"就站得牢牢的。

造好的楼也会被觉得不满意，那是因为你在今天又提高了，有了新的灵感；写好的戏，总觉得缺少了什么，是因为今天的你又有新的水准和高度，看到了以前那一个个"今天"中，还是有懈怠和疏漏。

也许明天总难写得完美，但是今天却要完美地去写，因为活在今天，也活在明天。

假如再上大学

梅子涵常常会这样想,假如再上大学,一定要考取北大。

假如再上大学,绝不可能读到本科为止,要考硕士和博士。

假如再上大学,要把外语读得出类拔萃,要有六级证书。我们那时不考级,不考四级,也不考六级。

假如再上大学,要多到图书馆去,坐在那儿看书,这不仅是选择地点,也是要拥有大学的感觉,图书馆是大学的感觉中最明灿、强烈的部分。

假如再上大学,他要买漂亮的本子,夹着走进课堂,认真记笔记——很认真地记。

假如再上大学,他会非常注意墙上学术讲座的通知,中国教授的、外国教授的,去听。

假如再上大学,他仍旧不会抽香烟的,但是他可能要去咖啡馆坐坐——学校的那种简易的咖啡馆。

假如……

假如再上大学,他仍旧会十分尊敬老师,他不会像有的大学生那样,当面称先生,背后叫名字,结果当面碰到了,却把背后叫的名字叫了出来,不是"梅先生",而是"梅子涵"了。

　　因为他就碰到过这样的学生,那个学生倒是想叫他"梅先生"的,结果却叫了"梅子涵"。学生非常不好意思,梅子涵也相当不好意思。学生再重新叫"梅先生",可梅子涵已经知道,他在背后一定是口口声声叫"梅子涵"的。

　　假如再上大学,他不知道会不会爱上一个女同学,但他肯定不会相拥而行、勾肩搭背,学生要有学生的样子,大学要有含蓄和诗意。要是连大学也没有含蓄和诗意了,那么含蓄和诗意还到哪里去找?

子涵说：在我写的散文里，你不容易找到"无病呻吟"。我这个人做人自自然然，写文章也喜欢自自然然。散文是一种很容易无病呻吟的文体，弄不好就矫揉造作、哼哼唧唧起来。如果说自然是一种境界，那么我很难三言两语告诉你怎么达到这个境界。但是一定应该达到，不仅写散文需要努力，一切的艺术都需要这种努力。因为没有努力过，美便达不到。"达不到"的遗憾是难堪也难受的。

生活的童话

小男孩小女孩

一个小男孩和一个小女孩,他们天天都在上学的路上和回家的路上相遇,可他们却从来没有说过话。

很多年过去了。小男孩已经成了另一个小男孩的父亲,小女孩也成了另一个小女孩的母亲。

这个父亲指着小女孩对她母亲说:"她像很多年前的另一个小女孩。"

那个母亲也指着小男孩对他父亲说:"他也像很多

年前的另一个小男孩。"

小男孩的父亲问:"那么,你认识那个小男孩吗?"

小女孩的母亲也问:"那么,你认识那个小女孩吗?"

他们同时笑了起来,因为他们既认识,又不认识。

另一个小男孩和另一个小女孩,他们也天天都在路上相遇,可他们不再像他们的爸爸妈妈那样了。他们常常同时说"嗨""你好",也常常同时说"拜拜""再见",有时候,还干脆交谈交谈呢。

种一棵小树

山上有个石洞,洞外有棵大枫树。

有一个人造了一个石洞,想让走山路的人在这里休息。又有一个人在洞外种下一棵红枫,他想等红枫长大后,飒飒响的枫叶给休息的人送来清凉。

没有人知道他们的名字,没有人讲得出他们的其他故事,但石洞和红枫在,这就是故事的全部。

坐在洞里休息的人,坐在红枫下休息的人,在讲着这个没头没尾的故事。鸟儿唱着一年四季的歌。

一个小孩每天从这里走过。他从山的这边到山的那边去读书。他从家里的院子中挖来一棵很小的树,他说他要把它种在红枫的对面,这样的话,一棵红的大树对面,就会有一棵绿的大树,红的清凉加上了绿的清凉。

小孩种好小树,下山了。鸟儿在唱着歌,他也唱起了歌。

这是一个小孩种的,以后人家会说。人家同样说不出他的其他故事,全部的故事就是一棵绿的大树和绿的清凉。

树叶与小鸟

一片树叶从树上飘落下来。一只小鸟在路上跳着玩呢。

树叶认识这只小鸟,以前,当它长在树枝上时,小鸟经常在它的身边跳来跳去，有时甚至直接踩着它的身体。

一阵风把树叶吹到了小鸟身边。树叶想跟小鸟一块儿玩玩，现在只能是在地上一块儿玩。树叶还想和小鸟学独唱呢。

小鸟的独唱的确是美妙和动听的，而树叶只会伴唱，树叶和众多别的树叶在一起，经常为小鸟飒飒伴唱，想起来有无数次了。

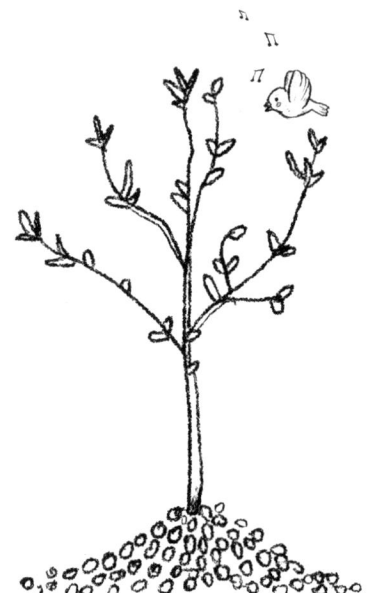

小鸟被突然吹来的树叶吓了一跳，心想这是什么东西?!

它赶忙飞到树上去了。现在没有地上那片突然飞来的树叶打搅，它又快活地玩了起来，在树上的树叶之间跳来跳去，还独唱。

树叶抬起头看着小鸟。小

鸟倒是正好站在树叶以前长的那根枝上。现在树叶落下来了，所以在原来长着树叶的地方就有了一个小小的不引人注目的疤,当然也不会使小鸟注目啦。

小鸟怎么会知道,在这个疤上,曾经长着的正是刚才在路上吓了它一大跳的那片树叶。它曾经那么鲜润,富有绿色的生气，它和所有富有绿色生气的树叶一起组成了绿的世界,给小鸟以游戏的乐园和生命的掩护,以飒飒的伴唱给它以独唱的灵感和激情。

"我可是早就想跟你学独唱了,但是风一直让我们伴唱,没有机会。现在有机会了,我可以不伴唱了,你却飞到树上去不睬我。"

树叶在风的吹动中,在路上忽而走动,忽而奔跑,它是在找别的朋友。它相信可以找到别的朋友的。于是,在它的走动和奔跑里,我们就听到了一种也可以称作是独唱的声音。

你仔细听听看,是不是?虽然不算非常美妙和动听,却很独特,也有一点点诗意,可是真正的诗人反驳说,它的诗意绝不止一点点!

子涵说:生活和文学其实不是那么容易分开的。你如果能用文学的眼光看待生活,那么生活就处处都有生动而抒情的气息。你如果懂得生活里到处都跃动着文学的韵味和诗意,那么文学又怎么只会在文字写成的故事里?只有不真的懂生活,也不真的懂文学的人,才以为生活只是生活,文学便是文学。我们正是经常分不清它们,所以才能天天写作。作家就是这样炼成的。

我的书房

我们这个群体,对书房的热情是超过其他地方的,超过客厅、厨房,可能也超过卧室。这个群体就是所谓的文人。

我应该算是一个文人的,在大学里当着教授,也在文学界当着作家。

其实在我根本不是文人的时候,我就有对书房发自内心的憧憬。

那时候我在农场的砖瓦厂搞广播,就着意让那个小小的坐北朝南的广播室有点书房的感觉，放一套马克思的书，放几本文学月刊……那个小小的房间就有了些特别的气息，有阳光的日子，它的光线都显得丰富，我的知青同学会在夜晚的时候来坐坐，说的话就和在工地上、寝室里不一样，细腻起来，抒情起来，间或流露出一些伤感。

大学毕业以后，我留校当助教、讲师、副教授、教授，最早住在校园东部三十宿舍很小的一间，后来搬到西部第九宿舍很大的一间，后来又搬到十九宿舍宽敞明亮的两间。

房子越来越好，每次的搬出搬入，心情也越来越好。最用心挑选位置的，总是那张写字台、那几个书橱，就好像这辈子总归是为看书、写作而活着了，也像是电影里的革命者，行军到一个地方，先要把书和地图放置好，再让卫兵支锅烧水、做饭，那些书和地图，会指示他新的思想和去路。

接着朋友就来玩了，有一句话是非说不可的："你就是还缺一个书房啊！"

其实我是有书房的,只不过它和卧室、客厅同在一间,又是卧室、又是客厅、又是书房。但是我很满足。我在心里把它们分开了,所以各自拥有。

我把我的书橱收拾得整整齐齐、琳琅满目。那里面也有我自己写的书。我在书桌上写成,把它们放进书橱里。这是多少个白天和黑夜的凝聚,使我能在明亮的橱门玻璃后,和黑格尔、托尔斯泰、鲁迅、司汤达、安徒生、朱自清、马克·吐温、巴里、林格伦、诺索夫、杜拉、塞林格……站在一起。

我不可能和他们比肩,但是心头拥有的诗意和激情是一样的。我们有着共同的追求,也就拥有了共同的美。

可惜书多了,书橱少,书就越出了"书房"的一角,蔓延到整个房间,这样,你不认为它是书房也不行了,妻子想到了,就笑笑,甜甜地说一句:"看看这个房间！"

这个房间怎么了？很好哇！

终于又分到了新的房子。厅、卧室、女儿的房间、书房……在学校公寓的十六层上。书房也朝南。晴天的日子,阳光照在欧洲榉木的地板上,美好得让你不愿意离开。

我购买了一套丹麦的书橱、书桌,精致、大方,阳光慢慢地从榉木的地板上移到榉木的书橱和书桌上,我在笔记本电脑上写着少年读的小说、给女儿读的故事。我是个儿童文学作家,伟大的安徒生不就是丹麦的吗?

我正好写完了这篇文章。

这时,门铃响了,我的研究生来上课了。

他们就在我的书房里听我讲课,讨论着文学,也说些生活的故事。

我每次都请他们喝咖啡。搬到新的房子后,我买了各式各样的咖啡豆,牙买加的、埃塞俄比亚的、印度尼西亚的、哥伦比亚的、巴西的、墨西哥的……法式的、意式的、维也纳式的……其中最贵的是牙买加的蓝山咖啡。现在喝咖啡有地方了。

子涵说:我坐在书房里时,心情特别平静。我在这里写作,在这里阅读,在这里思考,在这里休息,在这里接电话收邮件,也常常在这里的沙发上靠着睡着。但几乎不论什么时候,这里都有音乐,古典或是乡村、流行音乐不间断地放着,让我身心愉快。我是一个喜爱制造气氛的人,反感粗糙和卑俗。其实拥有什么并不非常重要,我的书房也不大的。但是自己为自己制造,就能使你小小的拥有成倍增加,心情荡漾起来,拥有才是真正的了。书房的南面是窗,看着街景,感受阳光也感受天空,我不由自主就会更加地努力。事情真是在良性循环——欢迎你光临哟!

买个书橱放文学

你喜欢读文学书吗？比如那些很有趣的童话，比如那些很美丽的诗歌，比如那些叙述生动的小说……

一个人，不管他长大以后干什么，在他的童年，在他的少年，都应该读一些文学书。被它们吸引着，流连忘返。

你记住的也许只是书中的故事，但是你的语言、你的气质、你的精神、你的灵魂……实际上已经受到了熏陶、浸染。

文学不是一种今天读了,明天就可以用上的东西,但是它对生命和未来有用。我们不是都希望自己的未来很好吗?所以我们应该从小就喜爱文学。

在文学里有一种叫童话的东西,它是最适合儿童阅读的。

一个人在童年的时候,应该多读童话,读那些充满想象力的有趣故事,豪夫的、巴里的、格林的、安徒生的、科罗狄的、林格伦的、凯斯特纳的……很多。

读着它们,就如同是在做游戏,走进有趣的世界,它们在生活中可是不会出现的。但是因为有了它们,我们每一天的生活就更加有趣、更加精彩,我们也会变得很有想象力,在心里编织出自己的童话和神奇的世界。

想象力对于人类来说是多么重要哇!就是因为无穷无尽的想象力,人类才有无穷无尽的发明和创造,世界一天天地更加美丽。

所以如果你口袋里有一些钱的话,别全都买了吃的,应该用它们去买一些书:文学的、科学的,有图画

的、没有图画的……买书是一件愉快和有趣的事。

我小的时候就喜欢买书。我小的时候买的书,有些现在还在,我把它们放在漂亮的书橱里。我的漂亮书橱是丹麦进口的。丹麦有一位伟大的作家叫安徒生,我喜欢安徒生,所以我买的书橱也是他的国家的。

看着我小时候买的这些书,总会记起那些买书的日子,那些美好的点点滴滴。我舍不得乘车,手攥着口袋里的那一点钱,走很远的路,走进熟悉的书店,买回了满足,买回了向往,买回了知识,买回了后来的日子里的健康成长。

你也应该有一个书橱,当然不一定是丹麦的,丹麦的书橱太贵了,可以长大以后再买。

如果你没有书橱的话,可以对爸爸妈妈说:爸爸妈妈,请你们为我买一个书橱好吗?我可以把我的书放在里面。有一个叫梅子涵的作家说,一个小孩,除了有玩具,有巧克力和饼干,还应该有书和书橱。书橱放在房间里,房间里每一天都有阳光,都有知识,都有诗意,都有热情。一个小孩的身后,有一个放满了好书的书橱立在那里,小孩会成长得很好。这是一个叫梅子涵的人说的。不信,你们可以问他。

我祝愿大家都成长得很好。

子涵说：我知道,开口老是对孩子们说书哇书的这不好,他们会烦的。可是如果不说,老是说玩呀玩的那就好了吗?也不好。所以怎么办呢?难哪,同志们!难没关系,还是要说,所以我就又说了。而且以后还会说。全世界的已经长大的成年人都会喋喋不休地这么说,一年又一年,结果在听的孩子们就也长大了,他们便加入了这喋喋不休的队伍。他们真是烦哪,可是他们是负责的!

说起女儿,说起未来

让小孩走入生活

我常让女儿去买东西。牛奶、面包、面条、啤酒……告诉她是哪一种,让她到众多的品种里去挑。挑对了,或者没有挑对;这一次没有挑对,下一次挑对。她回来了,就总有一些买的过程里的细节和故事,她越来越喜欢买,成了超市店员熟悉的小顾客。

她了解了一些关于食品的品牌,知道了不同的品牌有不同的味道和价钱,知道买哪几样东西需要带多

少钱就够了,知道了一样东西会涨价,也会降价……

她就开始有些懂得了生活,并为那份喜悦而开心。

我希望小孩把书读好。

我希望小孩有不俗的精神和眼光。

但是我同时希望小孩能够在小的时候就懂些生活,而不是"不食人间烟火"和所谓"大智若愚",除了读书什么都不懂,走路的时候,就会撞到电线杆上。

我很小的时候就跟着奶奶去买菜,奶奶在那个摊头排队,我在这个摊头排队,奶奶在那儿买好了一种菜,又到我这儿买另一种菜。那样的生活一点没影响我后来"清高"的精神和性格，相反，给我的记忆和心灵带来了永远的滋润，是一首不断被翻开朗诵的诗。

小孩会长大。我们都希望他们走入事业。但是我们别忘记了他们都要走入生活。事业和生活是在一起的，你在我里面，我在你里面，体现不同的趣味和精彩，组成人生完整的风景。

我们都曾经是一个小孩。一些年以后，这个小孩就长成了大人。这个大人不会只待在实验室里，他天天要走进自己的家门，那是一个满是生活的温馨和诗意的家呀……

那时我们老了，但是我们放心了。

珍藏永远，珍惜永远

女儿已经十七岁，时间过得飞快。她刚刚生下来时拍的照片、满月照片、六个月照片、一周岁照片……都恍若拍在不久之前。

可是哪里是在昨天，明明已经过去很多日子了。

一周岁的那张照片是在"爱好者"拍的,她穿着一件橘红和棕色相间的夹克衫,笑得可爱至极,眼睛瞪得又大又圆,我把它放大成各种版本,放在这个相框里和那个相框里,我还把它放在了不止一本书里。

女儿五岁时,考取了音乐幼儿园钢琴班。她第一次登台演出是在上海市少年宫。她和另外一个可爱的小姑娘一起四手联弹,她坐在琴的左边,那个小姑娘坐在琴的右边。四只小手在琴键上幼稚、天真地跳跃着,《四小天鹅》被演奏得天真而活泼。

那张照片是我请我的好朋友林路拍的,他是一个摄影家,选用了一个接近特写的大近景,留下了那稚嫩,留下了那可爱,留下了那童年的艺术,留下了那一生的珍贵。

女儿上一年级时开始写日记。她有很多字不会写,就不断用汉语拼音代替。不过她的第一篇日记上一个汉语拼音也没有写。

她的第一篇日记是这样的:"今天我和姐姐到公园

里去玩。公园里有菊花、金鱼和小朋友。我在公园里玩电动小火车和小飞机。我在草地上吃饭。我吃好饭。我和姐姐回家了。"

我在那篇日记下面写了这样一段"批语":"这是繁繁写的第一篇日记。由于不知道日记是什么,怎样写,所以就虚构了一个和姐姐去公园玩的'故事'。这个'故事'写得蛮通顺,有条理,后面的三个短句子有海明威风格。'我吃好饭。我和姐姐回家了。'改成'吃好饭,我和姐姐回家了。'更好。"这一天是1990年1月10日,星期三。

女儿上中学以后,数学一直就是弱项,可是她小学时数学明明不弱呀。有一张奖状上这样写着:"梅思繁同学参加三年级数学口算比赛,获得第三名。"全年级的第三名,这是很不错的成绩。

我想起那时候,她之所以数学口算成绩这样好,是因为我常常帮她练,我一口气报出各种数字让她加,让她减,让她立即说出答案,所以数学的能力也是能够练的，可是后来我忙着自己的事情，不再进行这样的训练，也再没有这样的耐心。这是不是一个遗憾呢？

在我是一个孩子的时候，我没有去记住父母的生日。那个时代的孩子，更不知道向父母送上一张精致的贺卡。

但是不知道从什么时候开始，女儿在我和她妈妈生日的时候，总是在楼下的信箱里放上一张贺卡。那是她精心挑选的，每一张都很别致，使你从她的审美里看见了她的成长，看见她不凡的素质。

她用小小的字认认真真地写着这样动人的话："亲爱的爸爸(妈妈)：在您的生日来临之际，女儿送上这张小卡，表示对您的爱和祝福，愿您在今后的每一天平安、快乐！"

女儿第一次随学校去外地参加社会考察，买了一把扁扁的小紫砂茶壶给我，我立即用它泡上了茶，结果发现茶壶是漏水的。

她毕竟还小，幼稚地上了当，但我不忍心告诉她，因为重要的不是这把茶壶能不能用,而是,它是女儿买给我的。

这些东西我一件件都留着。搬了一次家,又搬了一次家,我扔掉了一批东西,又扔掉一批东西,但是它们一定都是跟着我住进新房子的,一定会跟着我到老。

那时候,女儿也许不跟我住在一起了,女儿也许在异国他乡,但是它们会陪伴着我,陪伴着我的记忆,陪伴着我的感情,陪伴着我的思念,也陪伴着女儿不在身边的孤独。

这些都是 21 世纪的事了。

子涵说:我经常说起女儿。我还专门写过一本小说叫《女儿的故事》。其实我在说女儿的时候,说的绝不只是父女的感情、家庭的亲情,而是还有社会,还有人生,还有我们会忽略的一些道理。《女儿的故事》已经出版了。女儿写的《爸爸的故事》也出版了。希望你喜欢。

轻轻的呼吸

作家蒲宁写过一篇小说《轻轻的呼吸》,里面有个十六岁的中学生奥丽雅·梅歇尔斯卡娅,她长得很漂亮,有一双欢快的水灵灵的眼睛。

小说的最后写了奥丽雅·梅歇尔斯卡娅活着的时候,对她的同学苏波京娜说的一段话:

"我爸有很多滑稽可笑的古书,我在他的一本书里读到,女人怎样才算美……你知道,那里讲了很多条,简直说不完,比如说,要有油亮油亮的眼睛——真是这么写的:油亮油亮的眼睛!还有漆黑的睫毛,柔嫩红润的脸蛋,苗条的身材,比通常稍长的胳膊——懂吗,稍长的胳膊!——小脚,大而适度的乳房,丰满匀称的小腿,显出贝壳色的膝盖,高高的溜肩膀——好多条我几乎都背下来了,说得真都很对!——但是主要的你知道是什么吗?——轻轻的呼吸!我就是这样——你听听,我怎么喘气——是这样吧?"

奥丽雅·梅歇尔斯卡娅是被她所谓曾经"爱"过的一个哥萨克军官开枪打死的。因为梅歇尔斯卡娅突然对他说,她从来连想都没想过要爱他,于是他就开枪打死了她。

所以我就想,作为一个女孩子,除了上述的这些美之外……还需要什么呢?

梅歇尔斯卡娅的故事说明女孩子还需要一种珍视和爱护。梅歇尔斯卡娅没有珍视和爱护自己。

小说里,梅歇尔斯卡娅"俊俏、时髦、灵活,以及明亮而又机灵的目光,使她在全校大出风头……跳舞、溜冰谁也比不上奥丽雅·梅歇尔斯卡娅,在舞会上谁也没有像她那样得到那么多的殷勤邀请,而且不知为什么,低年级的女孩子们也都喜欢她。"于是,她"简直乐疯了"。

在四月的天气里,她的老师站在她的墓前。"一想到奥丽雅·梅歇尔斯卡娅就埋在这堆黄土之下,她便惊得几乎发呆:这土丘,这橡木十字架怎么能和这个十六岁的女中学生联系在一起呢?""现在同奥丽雅·梅歇尔斯卡娅这个名字结合在一起的那个可怕的事,怎么能同如此清澈的目光联系起来呢?"

然而事情就是这样。

梅歇尔斯卡娅背出了书里写的美,也具有着美,但她却未能珍视美、惜护美,结果就如同小说最后所写的,美就和轻轻的呼吸一样,"消散在世上,消散在这云天里,消散在这料峭的春风里……"

这是我最喜欢的短篇小说。

子涵说:我经常用散文的方式介绍一部书,介绍我的阅读感想,使别人在阅读我的文章时,也有一些享用的愉快,而不是枯燥和乏味。写文章和说话一样,怎么能让人有兴趣就怎么说,不要有很多的规矩、很多的格式。但这不是大家都知道的,所以写得枯燥和乏味的文章就不少。

找到浅水湖

我知道纽约的中央公园是在读了《麦田里的守望者》之后。书里面的霍尔顿被学校开除以后来到纽约,他坐在出租车上一再问司机,知不知道中央公园南头浅水湖里的那些鸭子,在湖水冻严实以后,都上哪儿去了。司机说:"我怎么知道?"

到纽约后,我住在西 81 街的怡东酒店。站在我的 1603 房间,就看到了中央公园的围墙和绿荫。

我在心里说,没有想到,到纽约,我会住在中央公园旁边。

霍尔顿是一个不肯好好读书的人,他不喜欢他的那个中学的一切,就把书读得一塌糊涂,四门功课不及格,被学校开除了。

学校在宾夕法尼亚州,他的家在纽约,他回纽约后没有立即回家,而是在外面瞎混,住酒店,乘出租车,他在出租车上就屡屡问司机,知不知道中央公园南头浅水湖里的鸭子在湖水封冻后都上哪儿去了。司机说:"我怎么知道这样的傻事?"

浅水湖是在七十几街的位置。我没有问别人就找到了。

那是我到纽约一两天后的早晨。有一群女人在拍照,我没有注意她们是美国人还是欧洲人。

我看到了湖的远处有几只鸭子,我想这就是浅水湖吧,但是我不知道应该怎样证实。

我拍了照,把湖、远处的鸭子、曼哈顿大楼的摩天背景一起拍了进去。

这是秋天,有些微微的凉意。浓荫覆盖,空气怎么会这样好哇?!升起的太阳在曼哈顿的摩天背景里。

我想,秋天到了,湖上的鸭子已经寥寥无几了。到了冬天的时候,大概就会和霍尔顿说的一样,一只也不剩吧。

我想,这些不知是美国还是欧洲的女人,她们一大早在这儿拍照,是不是因为她们都读过《麦田里的守望者》,知道霍尔顿的故事,知道中央公园的浅水湖,知道湖上的鸭子在冬天的时候会无影无踪。

《麦田里的守望者》写出来以后,曾经受到几乎一致的反对,家长反对,学校反对,教育行政部门反对,因为霍尔顿实在不是一个"正面的形象",他粗话太多,小小年纪就跟坏女人瞎混,竟然打电话叫坏女人到他的酒店房间里来……

他们没有读到它对社会、对教育、对人的精神道德状态的批评用意。霍尔顿乱七八糟,是因为他生活的那个环境乱七八糟;他乱七八糟,是因为他在反抗乱七八糟。

　　读文学、读艺术,常常都是要这样来读的,读它背后的东西,读它的内涵和用意,而不是看它的表面,看人物的形象、行为可能对读者的影响,如果只看表面、形象和行为,那么霍尔顿那家伙肯定会把许多人带坏。塞林格写霍尔顿的故事,不是让大家都变得乱七八糟,而是想让大家不要乱七八糟。他来当一个麦田里的守望者,有几千几万个小孩子在一大块麦田里做游戏,麦田的旁边就是混账的悬崖,霍尔顿就站在麦田边守候着,如果哪个小孩往悬崖边奔过来了,就捉住他。

　　悬崖就是社会上那些乱七八糟的精神状态、道德水平。冬天结冰的湖也是社会,霍尔顿是鸭子。

　　读出这一点,是后来的事。

　　《麦田里的守望者》被认可了,它成了美国文学里的新经典,大学生、中学生的必读书。所以我来到这个湖边上了,那些女人也来了。我们都拍着照片,拍着秋天的浅水湖、鸭子、曼哈顿大楼、升起来的太阳。

我想,女人们在这样的早晨成群地来到这儿拍照,可能是这个原因。

湖的边上是公路。我看见了一块牌子,上面写着:THE LAKE(湖)。我知道了,这一定就是那个小说里的浅水湖了。

如果是一个普通的湖,不会多此一举竖立一块这样的牌子。谁会看不出这是一个湖?

它是一部著名小说里写到过的湖。

美国人也看重历史、文化、真正的艺术……他们想方设法为它们立传、塑像、造纪念碑……让它们永存于世、家喻户晓。我站在牌子前也拍了一张照。

身后的公路上是长跑的年轻人,骑车晨练的年轻人,穿旱冰鞋的年轻人,接连不断飞驰而去的汽车,中央公园早晨的公路上朝气蓬勃,完全不是《麦田里的守望者》里的那种叙述。

文学是文学,生活是生活,而且文学里的生活毕竟也会随时间流逝得到改变。

人改变着生活和社会，人在改变了的生活和社会里重新叙述文学，生活和社会不断赋予文学新的叙述背景和内容，生活和社会在朝前走着，文学和文学家在朝前走着。

霍尔顿乘的出租车在这条公路上开过，小说里写明，他乘的出租车是由90街开进中央公园的。

我拍的那两张照片非常成功，像油画一样，我把它们放大了。

子涵说：《麦田里的守望者》是一本很好的书，有机会大家应该读一读。我这人有一个小优点，如果读到一本很喜欢的书，就喜欢四处给人推荐。虽然不可能使它家喻户晓，但是我周围的人很难做到听不见。我在我所在的大学课堂上只要说一本书，我所在的大学附近的两家书店，如果有这本书的话，那么这本书就非卖完不可。我到书店去,认识我的老板说,啊,梅老师,不知道什么原因,那本书一下子就卖完了。我就告诉他们,因为我在课堂上推荐过这本书。他们说,难怪,谢谢您了……然后是我买几本什么书,可是他们没有一回说,鉴于您上课时的推荐,那本书一下子就卖完了,所以您买的这几本书打九折、打八折、打七折……他们一回也不打折。真是很拎不清。可是我的这个优点没有因为这拎不清而荡然无存,而是继续发扬光大。发扬光大很重要。推荐一本自己很喜欢的书,也是发扬光大。发扬光大一本好书、一个好故事,结果就把文学、儿童文学,也发扬光大了一点点。

谢 瑞

  谢瑞(Sherrie)是她的英文名字,她的中文名字叫刘怡君。她生在台湾,很小的时候就来到了纽约,后来父母回台湾,留下她和弟弟在美国。她读了纽约大学电影系,弟弟则去加州学医。

  她是个长得很娇小的女孩子,很瘦,脸上好像写着"营养不良"。没到吃饭的时间,她就说,我肚子饿了!她吃的不比任何人少,但是没到吃饭时间,她又说,我肚子饿了!我笑她,谢瑞,你都吃到哪里去了?她说,不知道吃到哪里去了。

她跟你说话的时候,喜欢用手摸摸你的头,或者摸摸你的肩膀;要么就是"脚尖脚跟脚尖翘"地跳。

她的头发黄黄的。小时候别人叫她美国人,她跟人家吵,后来爸爸把她带到美国,她真的成了美国人,不再跟人家吵了。

她在纽约CTW上班。CTW就是儿童电视工作室。CTW搞了一个美国著名、世界著名的《芝麻街》,英文写作SESAME STREET。《芝麻街》是一个给小孩看的节目,非常幽默,把人笑死。不仅仅是让小孩笑死,大人也一起笑死。

《芝麻街》要做中文版,她就当了中文版的翻译。我是中文版的首席作家、总编剧,到CTW去访问、学习、工作,结果我们就认识了。

在纽约的日子,她陪我逛街,逛商店,到唐人街去,到小意大利去,到格林尼治村,去以色列饭店吃饭,去韩国饭店吃饭……然后送我上地铁,她自己便乘另一条地铁回家。她住在纽约大学附近,两房一厅,每月四百美元房租。

第二天她就问我,你昨天回旅馆顺利吗?

我说,不顺利。

她说,怎么了?

我说,我乘的那节车厢只有我一个人,我往别的车厢望过去,别的车厢连一个人也没有,我怀疑那一列地铁是不是只有我一个人,我就不敢再乘下去了,决定下车。

到了63街,我下车了。

我应该是到81街下车的,我住在西81街怡东酒店。我跨出车厢时,只见一个黑人伸头朝车厢里张望,另一个黑人则像站在站台上放哨一样。我一阵紧张,拔腿就走。

站台上一个人也没有。站台分两层,我噔噔噔噔上了第二层。第二层上有一些人了。我走出地铁,发现不是在西63街,而是在东63街。我莫名其妙,应该是在西面的,怎么开到东面来了?

我问谢瑞,怎么会开到东面去的?谢瑞说,我想起来了,地铁有的线路,到了晚上,是会改道的。她说,哎呀,你好险哪!

其实,那时只是晚上七点多钟。纽约地铁,到了晚上七点多钟已经没有什么人了。我没有办法,只好走哇走哇,从东面走到西面,从63街走到81街。

回上海那天,也是谢瑞送我们。进了机场,发现电脑上没有我的名字。我们一起的其他几个人的名字都在电脑上,就是没有我。

我们就对那个职员说,我们是一起的,昨天晚上还打过电话,核实过座位,现在怎么会少一个人的名字?

那个职员是个日裔。这个日本美国人完全没有通常的美国人那么和气。谢瑞帮我们一起用英语跟他交涉,他态度很不好地打断谢瑞说:"你不要插嘴,他们说的英语我听得懂。"

谢瑞对我说:"他让我不要插嘴,他说,你们说的英语他听得懂。"

我很着急,如果上不了飞机怎么办?

谢瑞对我说:"上不了飞机你就跟我回去,再在纽约玩几天。"

中文版《芝麻街》的工作开始后,我不断地要把我们写的脚本寄到纽约,谢瑞则每个星期要从纽约打电话来,把CTW的审议结果传真给我。

我们在电话里总要做些简短的交谈,讲讲纽约,讲讲上海。她告诉我纽约现在的天气有多好,天有多么蓝,中央公园每天晚上都有歌剧演出和交响乐,她经常去看。

她打电话来都是晚上。上海的晚上正是纽约的白天,上海和纽约有十三个小时的时差,我们晚上瞌睡了,谢瑞正精神抖擞。在电话里,我就发现世界怎么这么近,其实世界是多么遥远哪!

五月份的时候,谢瑞跟着库柏和马克来上海。我们要集中修订一批脚本。他们住在花园饭店,我则住在另外一个离家近些的宾馆。他们每天上午坐车到我的套房来,工作一天,到傍晚回饭店。

谢瑞仍和在纽约一样,背着一个沉重的登山包,不同的是,这回还要背一个沉重的手提电脑,整个人被压得瘫下去。每天从早到晚,她一边担任着翻译,一边还要打字。我口述剧本,她在电脑上打,然后用英文读给库柏和马克听,库柏和马克发表意见,最后通过。

我累得要命,她也累得要命。我累得要命的时候头发会竖起来,她就开心地说,你头发竖起来了!我们就都拼命地喝咖啡、喝茶。

库柏和马克也都累得要命。库柏是中文版的美方制片人,马克是CTW的总监。

临走的前夜,谢瑞来到我家。

我把帮她买好的用来拉《二泉映月》的琴弦给她,她的业余爱好是拉二胡,教她拉二胡的老师也是中国人,常在地铁演奏,她就认识了他。我们又请她吃酒酿圆子和粽子,听她讲小时候的故事,一直到半夜。她不舍得走,我们也不舍得让她走,可是她是明天上午的飞机……

我们把她送到马路上,拦了一辆出租车。在半夜的路上,看着她坐的出租车往远处开去,我和妻子都难过起来。她来信说,出租车开走的时候,她一直在后视镜里看我们,她也很难过。

昨天,她又打电话来。我说,我们刚刚从饭店吃饭回来,今天吃的是一鸭三吃。我们吃的时候说,如果谢瑞在,那就正好。

谢瑞说,哎呀,我正好非常喜欢吃鸭子呀!我在纽约也常常去中国饭店吃鸭子的。

我说,你下次来,我们一起去吃!

子涵说：用文章写一个自己喜欢的朋友，是一件非常美好也非常有趣的事。写的时候，很多过去的事情都会重新出现，伴着那时的气息。这时候心情是兴奋而安静的，既感动也有一点怅然。我们的一辈子就这样走哇走哇，把那么多的事情、朋友、很珍贵的细节、很珍贵的感情……都堆积在记忆里，能够把它们写出来真是一种对心的回报。心需要这样。这不是说只有当作家的人可以做到这点，其实不当作家的人也可以做到。写着写着，不是作家的弄不好也就成了作家。

荡漾的心情

  这不是序言,我希望自己把为别人写序言这件事情尽量放到很远的将来再去做。
  那时候,我很老了,没有什么事情可以做了,寂寞得很,有一个人对我说,请你为我写一篇序言吧,我就会很激动,就特别认真地阅读他的作品,然后特别认真地写。
  这会成为那时候的一件非常美好的事情,那时候的早晨和夜晚会因为这一点点的快乐而变得疏朗开阔、阳光明媚。

我只是写一下怎么认识孙卫卫的,又怎么变成了很好的朋友。

我先是收到一封信,用的是北京大学的信封和北京大学的信纸。可是信上说,他是南京大学毕业的,刚刚被分配到新闻出版报社。他一直喜欢儿童文学,喜欢读我的作品,只要见到我的书,他就会买。有的书他一下子买了好几本,送给他的朋友。他说他写这封信给我,是为了告诉我,有一个已经不是儿童的人,仍旧喜欢我的作品。

他最后说,他之所以用北京大学的信封、信纸,是因为我在一本书里说过,如果再上一次大学,那么我一定要考取北京大学。

我读着,有些怔住,是一种感动的心情。

收到过的信已经很多,但这封信里有一些特殊的东西。

是什么呢?是一种很单纯的由衷。

如果他是一个小学生、一个中学生,我也会感动,但也许不会轻轻地荡漾起来。他是一个大学生,已经长大毕业了,可是还愿意以这种方式来真实地告诉我。

另外就是细致。我一直喜欢细致,细致的目光、细致的心情、细致的记忆、细致的关怀。

孙卫卫细致地记住了我在一本书里表达过的心情,又以一个信封一张信纸来呼应我的心情,这样一来,这只有一张信纸的信的故事就有了真正可讲的意味和乐趣了。讲出来,让你听了也会感动,并且随之自然地留在记忆中。

这封信被那位代我收信的人夹在了一本杂志里,等我读到,已经过了几个月。

我对自己说,糟糕。就立即写了回信,说了这件糟糕的事情的原因。我说,真对不起!

几个月后,卫卫到苏州出差,专门来上海看我。那时我正好在装修房子,没有办法在家中接待他。我就在电话里告诉他我的住址,让他在70弄门口等。

70弄是通向我们校园住宅区的一扇门。有人来找时,我们一般就说,下了车,你从70弄进来……就到了。

但是这回,我没有让卫卫进来,而是请他在那儿等,然后一起去了对面国际教育交流中心的茶室坐下,聊了些写作,聊了些儿童文学。

他用录音机录了下来。后来他把聊到的那些内容写到了一篇文章里。

那天,我们还一起吃了饭,也是在国际教育交流中心,很随意、可口的几个上海菜,但是吃得比较匆忙。那些天,因为装修房子,什么事情都是匆匆忙忙的,要想从容不迫有诗意真是很困难。

吃完了饭,卫卫说,他要回去了。

我送他上了43路公交车。

我不知道他是不是当天就离开了上海,还是在上海待了一天。

那些天,我的生活和注意力都变得很粗糙。或许,其实人有的时候就是这样粗粗糙糙的。

其实，我知道，那一天，卫卫是很想和我聊聊其他事的，更加随便一点，轻松一点。但是那一天却显得拘谨和郑重其事了，并且还录音。这样的遗憾，多半要怪接待客人的人。你有没有想到？有没有制造气氛和感觉？因为你的匆匆忙忙，会使别人的满腔热情也只好匆匆忙忙。

在那以后，我时而接到他打来的电话，告诉我他又买到了我的什么书，或是读到了我的哪篇文章；时而收到他的信，寄来的是他写的关于我的作品的评论。

我总是说谢谢他，他总是说不谢。他的心很细，很像一个女孩子，可是当他说诸如"不谢"这样的话的时候，又分明是一个干干脆脆的男生。

五月份，我去北京参加全国儿童文学大会。

我到的那天下午，卫卫就来了。他不是代表，也没有接到以记者身份采访大会的邀请。他只是来旁听的。每天，到餐厅吃饭，他都是自己掏钱，很不好意思的样子，可是兴致勃勃，十分快活。

这一切我都看在眼里,是很不忍心的。但是又觉得这也许可以给他的以后留下一个很珍贵的记忆。以后,如果他在文学上也有了自己的成功,成了儿童文学领域一个很重要的作家,那么他可以去回忆和讲起这件事情。

不是每一个人都会这样去自费开会的,但是每一个成长和成功,都会有诸如此类的过程和故事。

在那个时候,你不出声地在别人的边上坐下来,人家不知道你是谁,也不关心你是谁,他们关心的是你知不知道他,敬不敬仰他。

其实他们并没有什么,但是他们就是会那样;其实你真是很希望融入,但是你又只能这样。

大会通知不是每一个人都可以收到的,你要收到大会通知,就要辛苦很长时间。然后你才可以不付钱就吃饭了,而且还有人向你敬酒,对你说:"干杯!"

卫卫,你还愁着那一天不会到来吗?会到来的。

会议结束,我回上海。箱子塞得满满的,可是还有很多书装不下。站在边上的卫卫说，书干脆都别带了，我给您寄过去。

结果，我第一天到家，书第二天就寄到了。我目瞪口呆于这速度，其实是目瞪口呆于这种热情和友谊！

七月四日，我要去台湾讲学。三日下午，我正在整理行李，突然接到中央电视台"东方之子"编辑吕舸的电话，说明天晚上来上海拍摄我。

我说，可是明天晚上我已经在台北了。我是四日上午九点十五的飞机，先到香港，然后和先我十分钟到达的朱自强一起乘机场快线去金钟道力宝中心领取通行证。自强是要在香港机场等我的。我说，我没有办法通知我那位等我的朋友。

吕舸婉言劝我再想想办法。

这时自强早已不在他长春的家中。从长春到香港，不是每天有班机，他只能先到北京，然后从北京到香港。他现在已经在北京，可是在北京的哪儿呢，我不知道。我打他的手机，手机一直关着。

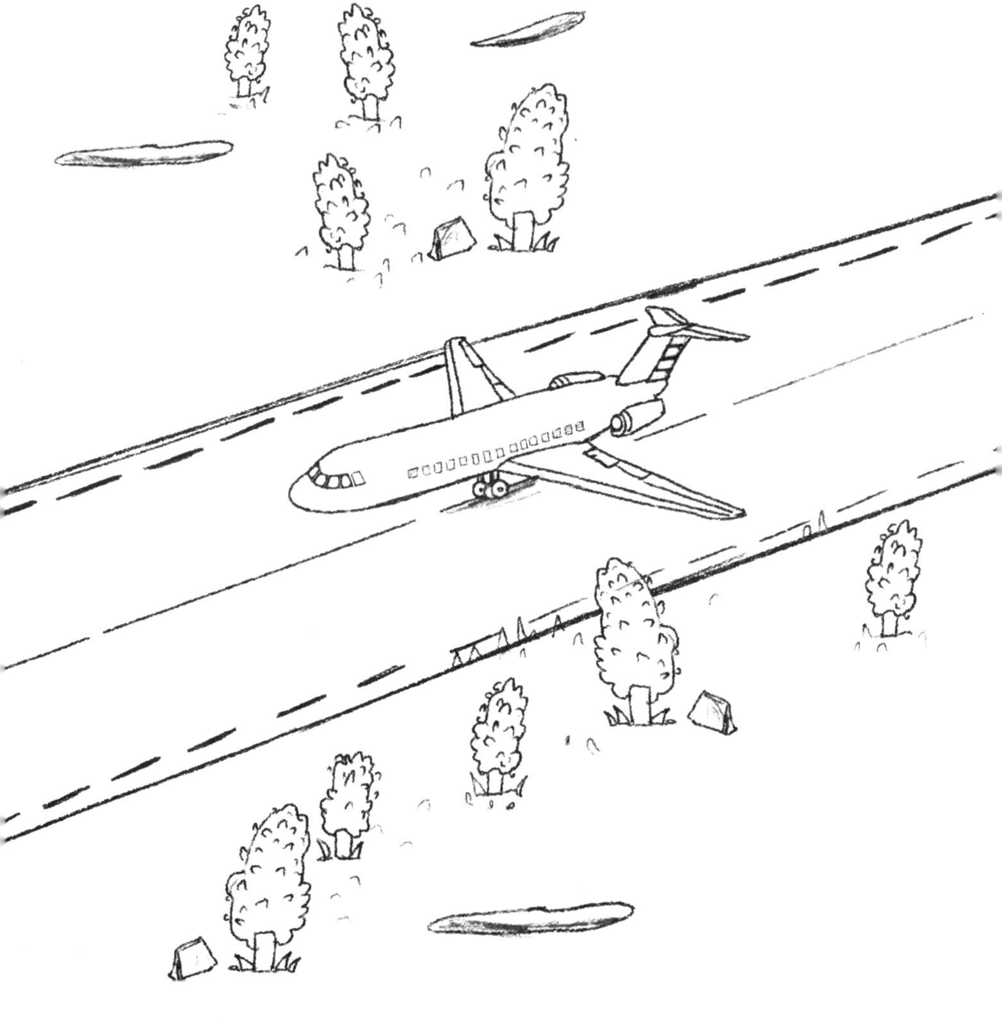

我心里就禁不住地骂,手机一直关着干什么?我打电话给北京的朋友,如果朱自强和他们联系,让朱自强立即打电话给我,而且发动他们,一刻不停地给朱自强打手机。几个人同时打给他,那么只要他一开机,就逃不了。可是一直到晚上九点多,朱自强的手机仍旧是关机的。

我没有办法了,只能打电话给卫卫。我问,卫卫,你认识朱自强吗?他说,见过一面。

我就请他帮个忙,明天一早去机场,朱自强的飞机是明天早晨七点多的,他务必在早晨六点以前赶到北京机场,在入口处拦住朱自强,告诉他我突然遇到的这件事,让他先去,我改乘六日的飞机。

我说,卫卫,你帮个忙吧!他说没事。我说乘出租车的钱我给你,他说不用。

四日一早,朱自强从机场打来电话,说孙卫卫找到他了。

四日晚上,吕舸他们扛着机器来到我家的时候,我的心里已经没有了那份担忧，所以拍得还算是轻松和舒服的。

到了台湾才知道，那一天，朱自强的手机根本没有带在身上。我对他说，对不起，我白骂你了。

孙卫卫是我的读者，他说他是我的学生，但是我更把他看成我一个珍贵的朋友。这个朋友好年轻的，还没有女朋友，在北京也没有一个家，还是临时地住着，每天去报社上班，晚上便想着文学的事情。

文学成了梦。他要想从那里面跑出来好像不容易了吧？

我也是二十几岁时开始做这样的梦。那时我是在农场的砖瓦厂上班，也没有女朋友。后来的一切都是走进梦里以后才有的。

我也没有再走出来。我是走不出来了。

为什么要走出来呢？

子涵说：孙卫卫要出版他的第一本书，请我写一篇序言，我就写了这篇文章。写了这样的一篇散文。当一个作家的确有特殊的乐趣。你会有自己的读者，他们会记住你的作品，非常喜欢。你的作品甚至会影响到他们的思想、他们的成长。他们可能永远见不到你，但是他们永远知道你的名字。他们会猜想你是男的，还是女的；是老的，还是年轻的。在路上，即使迎面走过，他哪里知道你就是那个写他读过的作品的作家。诸如此类的感觉，说起来，想起来，都是美好而神秘的。我很珍惜这种职业带来的美好，所以我写起来总是很在意，从不马马虎虎。这不是一个允许马马虎虎的职业。

我的古典文学同学

柳文耀是我的大学同学,但不在同一个班。

我们那个年级有六个班,许多课都是在西校区的东一阶梯教室一起上,上现代文学课、上古典文学课……

上古典文学课时,蒋老师频频地要提到柳文耀,提到他对古典文学里的一些事情的见解,提到他写的关于宋词的论文,蒋老师提到他的时候,口气总是充满赞赏的。

专业课老师都是这样，发现了自己专业的优秀学生，就会兴奋，就会屡屡地提到，克制不住。

我当大学老师以后也是这样，所以我当大学老师以后就越发能够理解蒋老师那时的心情和偏爱。

一个教室坐着二百个人，我不知道柳文耀是哪一个，但是我知道，古典文学课，他是学得最好的。

到了大学快毕业的时候，我和柳文耀认识了，但是这时已经马上要分配了。

对于一个人来说，上不上大学，这是很重要的；上了大学以后，分配到哪里去，也是很重要的。

因为分配到哪里去，关系到你是不是能发挥自己的才能，能不能工作、生活得很满意，心情愉快。

心情愉快是那么重要，心情是每一天都有的东西，每一天的你都生活在它的里面，日复一日，年复一年，喜剧的结果或者悲剧的了断，弄不好都会因它而来。

我被留在了大学里，柳文耀不知到哪里去了。我没有在意地去想柳文耀到哪里去了，但是我的记忆里有

177

着这样一个古典文学学得很好的同学。

这样过了十几年。我当了教授，也成了儿童文学作家。有一天接到柳文耀的电话。他说他在一个县里的少年宫，教一批又一批的小孩写童话。

然后他就说起来毕业分配时他的故事。那是一个很不好的故事。

在那个不好的故事里，有一个学习很好的大学生，没有被分配到他应该去的地方，而是去了一个和古典文学、和宋词都没有什么关系的工厂。他苦恼而又无奈地在那里过了一年又一年，怎么办呢？他就到少年宫来了。

他在说着那个故事的时候只是叙述，没有评述，不说谁好，也不说谁不好，他是心平气和的。

柳文耀打电话给我，是请我去为他那些学生讲讲文学，讲讲写作。柳文耀兴致勃勃地给我介绍着那些孩子的优秀，他们已经有多少作品发表了，多少作品得了奖，他没有和我讲古典文学的事，他已经从那个不好的故事里走了出来,有了好的心情,有了现在很实在、很有乐趣的每一天。我还需要再说什么呢?我通常不到外面去讲文学和写作,可是我立即就高兴地对他说:"好的呀!"

那是一个设施简陋的古镇上的少年宫,从弯弯曲曲的小巷子走进去,院子里是平房,柳文耀有一间光线暗暗的办公室,桌上堆着孩子们的本子,写着童话的稿纸,这里哪有童话的气息呢?可是这里有的,它们在柳文耀的心里,在柳文耀教着的那些孩子的心里。

童话本不是一种奢华的东西,古典的童话里总有王子、公主,但那都只是来自普通人的心愿。人类最伟大的童话家,小时候也只是生活在一个平常的鞋匠铺子里。所谓的童话气息,都是我们在已经写出来的童话里读到的,而那个写作童话的房间和桌子常常是最普通的。

那个普通房间的主人,因为精神上闪闪烁烁老要想些普通房间里没有的事情,结果就有了各式各样的童话。

我知道了,柳文耀不仅在教孩子们写童话,其实他自己也在写。

他之所以自己也写,是因为他心里填满了想象的热情,想寂寞也不可能,结果他在写着自己的童话的时候,就更加知道了写童话的艺术和秘密,他把它们告诉给跟着他学习写童话的孩子们,使他们的灵感越发活跃,写出的故事也越发生动和耐人寻味。

柳文耀的童话日积月累,就有了厚厚的一沓。我们在大学西区的东一阶梯教室里听蒋老师讲古典文学课的时候,我是不会想到柳文耀后来会写童话的;当我在突然之间接到柳文耀的电话的时候,也想不到,电话那一头的柳文耀已经是一个童话作家了。

可是童话难道不正是一种你想象不到的东西吗?你想象不到,但是它却发生了,童话故事便由此精彩地开始。

柳文耀写的那些日积月累的精彩童话都在这本叫

作《冰冻的太阳》的书里,太阳终究是冰冻不起来的,人的生命里那火一样的热情也冰冻不了。柳文耀以后还会把更多的精彩童话生机勃勃地写出来。

我们每天都那么普普通通地生活着,我们的一生,不如愿的事情难免会发生,但是谁说我们就不能充满热情,活得有些童话的浪漫感觉呢?

柳文耀不就是这样的吗?

柳文耀每天仍沿着弯弯曲曲的小巷子到古镇少年宫的平房里去上班。他的写童话的学生一批又一批,有些浩浩荡荡了。这件事情的本身是不是就有些像童话?柳文耀的"故事"里是不是也隐隐约约有一些童话的曲折和诗意?

子涵说：现在已经是深夜，可是我还没有睡觉。当作家的经常这样，要在别人已经入睡的深夜继续写他还没有写完的"作业"。我住在十六层，朝南朝北朝西都有窗。路上已经没有什么行人，出租车在缓缓地驶着等待招手的客人。站在朝西的窗口望出去可以看到很远的灯光，其中就有柳文耀生活的那个古镇上的。柳老兄是已经睡了吗？还是在写童话？夜晚仍在忙碌和努力的人其实很多，所以我别以为只有我很辛苦。所以我又冲了一杯咖啡。我要让脑子仍旧清醒着，还要写呢！身边的音响里罗杰正在唱着那首优美无比的《完美的一天》。我几乎每天晚上都要放一遍，我喜欢那歌声在每一天快结束的时候给我的一个美好的心情。我喜欢美好……

新年絮语

我们上路了

新年到了。我们在前一个千年里出生、成长,真是没有想过生命的某一天会跨进另一个千年里。可是现在跨入了。

年纪大的人没有想过,年纪很轻的难道很真切地想过吗?

不管对年纪已经老的,还是很轻很小的,这都是一件难得的事。因为一个生命能够在两个千年里活过,是很少的。

千年的概念、世纪的概念，其实是人为的。但是人类在制造出这种分割以后，就一定会利用它去激发空前的热情和灵感，做出前所未有的伟大事业，让自己想想也会异常吃惊。

现在这个时候已经来临了。

朝着所有的人走去，尤其是在朝着很年轻的生命走去。

就是因为你们年轻啊。

伟大的事业都是来自伟大的灵感。

伟大的灵感依靠经久的心灵培育、精神培育、智慧培育……

培育需要阅读。

书是一种奇怪的事物。白的纸上的那一个个黑颜色的字能让你的灵魂注满诗意，目光越洋过海，穿透任何混沌、阻挡，精神飞扬起来、飞扬起来！

我们因而总是能够在一个伟大人物的家里，看见

一面书墙。活着的时候,他在它的前面徜徉;死了,人们会来瞻仰,啊,这么多书!他们不再多说什么,早就知道辉煌的生命和它们是什么关系,那其中的原因和结果、开始和结束。他们的生命故事也就成了一本书。

我们不会都成为伟大的人,也许我们一辈子也产生不了一个伟大的灵感,可是哪一个人不是从小就向往着呢?我们向往啊!

谁又说我们不能成为?

就让我们从打开一本好书开始,安安静静地打开,安安静静地读起来。在任何的时候,哪怕是在上完了数

学课、上完了英语课、上完了生物课后匆匆忙忙的课间十分钟里。

这多美好。

我们在一个新的世纪、新的千年上路了。

人类究竟已经过去了多少个千年、多少个世纪?我的脑子里出现了这样的一个猜想,在已经过去的这很多个千年和世纪,人们上路的时候,尤其是那些想走在前面的人,他们除了背着干粮和水,是不是还都背着自己所喜欢的书呢?

我要去翻翻历史。

普通人的哲学

真的就走进了新年,新的一天开始了。

其实一切也都没什么两样。

太阳照样升起,我们起床了;星空同样灿烂,可是我们要入睡;你要乘公交车、乘地铁去上班,晚上照样是一家人坐在温馨的灯光下,吃这一天当中最正式、最丰盛的饭菜,说着白天的故事,说着劳累,并且还打了一个很大的呵欠呢!

没有两样多好!我们才能像每一个过去的昨天一样,该努力的仍旧努力,该用心的还是用心。

社会的更快发展,会让我们紧迫起来,但是心情仍是平和的,爱仍是温暖的,妻子(丈夫)怎么沉默寡言了?她(他)有什么不开心的事情了?夜里醒来,走进孩子的房间,看看孩子又踢了被子没有?就像一本书里写的,不管他们白天怎么不听话,到了晚上,就又是爸爸妈妈心里的宝贝,想把睡梦中的他们搂进怀里。

周末的日子,还是尽可能地留给家人吧,在明媚阳光照进的屋子里,洗净衣服,掸去灰尘,也就会分外地珍惜,更加勤勉地去争取和延续这平实的生活。

一代代人都是这样生活的,所以一代代人就懂得争取和创造;一代代人都是这样努力和奋斗的,所以新一年一定比前一年更好起来。

这是一个很朴素的哲学,昨天和今天的哲学、今天和明天的哲学……

普通人的每一天的哲学。

子涵说：读完这最后一篇,我们应该说再见了。请大家多提宝贵意见。如果不想提宝贵意见,而是想表扬,那当然也——欢迎。当作家的就是这样,写出了东西,有的人读了说好,有的人读了说好什么好！说好的不一定有道理,说不好的不一定没有道理;说不好的也不一定有道理,说好的也不一定没有道理。关键要看你是不是真的有道理！到底什么是真的有道理呢?我就不说了,我恐怕也说不清楚,所以还是不说为妙。

拓展阅读

纽约的中央公园

作家梅子涵在本书的《找到浅水湖》这篇文章里提到他在纽约时去了一个著名的景点,就是中央公园。

从地图上看,作家当时住的是西 81 街怡东酒店。从酒店出来后,一直往东走不到二百米就是中央公园离酒店最近的入口。即使走到七十几街靠近浅水湖的中央公园入口,也不超过一千米。

以作家对《麦田里的守望者》的喜爱程度,他

> 拓展阅读

自然不会错过去看一下浅水湖的机会。那么除了浅水湖,中央公园还有什么样的精彩呢?让我们来仔细了解一下吧!

跨越时间的美景

纽约是一个比较大的城市,位于美国东海岸的东北部。

纽约曼哈顿的华尔街和下城是全球金融中心,世界500强企业中超过七分之一的企业总部位于这里。

在摩天大楼林立的曼哈顿正中央,被称为"纽约绿肺"的中央公园是世界上价值极高的绿地之一,那里郁郁葱葱,生机盎然。

人们都不禁感谢100多年前的规划者和设计者,是他们为人们留下了这片奢侈的"后花园"。

远眺中央公园

在19世纪初期，中央公园并不是市政规划的一部分。然而随着19世纪上半叶，市区人口的不断增长以及市区面积的不断扩大，越来越多的有识之士开始呼吁，纽约应该建一座类似巴黎布隆森林和伦敦海德公园那样的大型公园。

1853年，纽约州议会终于同意，在59街至106街的中间位置建造一座面积达2.8平方千米的大型公园，随后便成立了中央公园委员会进行监管。

在1857年开展的公园设计比赛中，设计师奥姆斯特德和合伙人沃克斯的"草坪规划"最终得奖，确定了第二年开始建造的中央公园的蓝图。奥姆斯特德在随后的十多年里一直致力于贯彻自己的设计理念，并参与了公园建造的整个过程。

中央公园开了面向大众的现代景观设计先河，是纽约第一个完全以园林学为设计准则建造的公园。早期的设计方案中有茂密的树林、湖泊和草坪，甚至有农场和牧场，里面还有羊儿在吃草。

这样完全人造的自然景观基本依据原有的地貌而设置，完全贯彻了平民公园的主题，这是一个真正属于民众的自然公园。

中央公园最终在1873年完工时，已经扩展到了现在的

拓展阅读

规模——跨越50多个街区，3.41平方千米的面积。

今天，中央公园拥有93.34千米的人行漫步道、近8.05千米的骑马专用道、30个网球场、1个游泳池、2座小动物园、9000张长椅，以及美术馆、剧院等大量休闲娱乐公共设施。每天有数以万计的市民与游客在此从事各项活动。每年前来旅游观光的游客有2000多万人。

在设计之初，奥姆斯特德等人就注重保护公园的开放性，规定公园不许有围墙、不许有教堂、不许有主轴等。为了不让公园被城市"蚕食"，他们还专门订立了"禁止侵占的条例"，以此保护这座为公众而建的巨大绿色公园。

如果你仔细观察，便会发现中央公园设计的绝妙之处在于，面对公园用地形状狭长的难题，设计师将林荫道设计成向各种角度蜿蜒的曲线，并运用各种自然元素的组合引导游人的视线不断变换，通过对地形和园艺的巧妙运用，把游人的注意力从喧嚣的城市街道转移到公园中来。

正是这些思路的应用，催生了景观设计学这一学科。

有人说，中央公园跨越百年美景依旧，这说明了一个道理：景观设计的意义不仅是一时的景致变换，更重要的是跨越时间的美景常在。

不得不看的美景

在一百多年的历史里,中央公园深刻地影响了城市与人的关系,甚至影响了城市的性格。

漫步这里,初夏灌木葱茏,秋意浓时层林尽染,冬日公园开阔爽朗,春卧草坪悠闲自在。四季轮回中,巨大的城市绿洲无声地融解着水泥城市的冰冷。这里,即使在卫星图像中也清晰可见。

如果你来到中央公园,有八处美景是不得不看的。

排名第一的自然就是中央公园的动物园了。

每一个来到中央公园的游客,第一个想到的肯定是这里。动物园位于中央公园东南部,原本是一个军火库,后被保留下来,作为公园办公室,并把名人捐赠的一些动物安置在周边地区,从而诞生了美国第一个动物园。很多影视剧中都出现过中央公园动物园的影子,颇受大家喜欢的动画电影《爱宠大机密》就是其中之一。

排名第二的是杰奎琳水库。这个水库以肯尼迪总统夫人的名字命名。

水库周边有一圈长 2.5 千米的步道,这里每天都有成百上千的人来健身锻炼。沿着环形步道一边欣赏樱花,一边欣

拓展阅读

赏荡漾的碧波,优美的风光让人沉醉。杰奎琳水库中的水甚至在冬天都不会结冰。

接下来是大草坪。这是一个大约52000平方米的大草地,旁边还有棒球场、篮球场以及其他运动和休闲的活动空间。

大草坪还有一个比较出名的地方就是,很多音乐会包括纽约爱乐乐团和大都会歌剧院举办的多会在这里演出。这里可以说是文艺青年的心中圣地呢。

在中央公园的南部,还有一块郁郁葱葱的草坪也非常出名,叫作绵羊草原。

你一定很奇怪,这里为什么以绵羊命名呢?

原来,在1864年到1934年,足足有70年的时间,这片草地真的是用来放牧绵羊的。当然啦,现在这里已经不是绵羊吃草的地方了,它早已成为人们野餐与日光浴的好地方。

排在第五个要给大家介绍的,是莎士比亚花园。

这里是一个美丽的小花园,种满了莎士比亚作品中提到的植物,比如攀爬玫瑰、水仙花、紫罗兰、郁金香等。这里还有一个半圆形的花岗岩座椅,很多莎士比亚的书迷都会来这里安静地坐一会儿,看看牌匾上莎士比亚的名言,闭上眼睛体会一下莎士比亚的魅力。

建于 1873 年的毕士达喷泉位于中央公园的中心位置。喷泉旁边的四座雕像分别代表节制、纯净、健康与和平。在湖泊与林荫之间的这座喷泉水池,常常会有成群的天鹅在游荡,让人感到安静与平和。

草莓园是位于西 72 街的中央公园入口处的一个区域,1980 年,著名摇滚歌手约翰·列侬在这附近的寓所前被刺杀,他的妻子小野洋子出资修建了这里,并以他的一首歌来命名。来自世界各地的歌迷来到这里总会献上几束鲜花。在《麦田里的守望者》这本书中提到的浅水湖,就在这个区域旁

毕士达喷泉

拓展阅读

边,不知道作家梅子涵当时到湖边的时候有没有经过这个草莓园呢?

最后一个不得不看的美景是眺望台城堡。这个微型的城堡坐落在远景岩之上,站在这座城堡之上,你可以望见附近的大草坪和德拉科特剧院。

当然,中央公园的美景可不止以上这些地方。如果有机会,请你也到这人文与自然风光完美结合的地方坐一坐。

眺望台城堡